고독할 권리

고독할 권리

이근화
산문집

현대문학

1부

발이 다
식은 채로

당신을 사랑하는 일

한밤중 냉장고에 기대어

눈 건강과 숙면에는 치명적이라고들 하지만 늦은 밤 인터넷 서점에 접속하여 신간을 뒤적이는 즐거움을 포기할 수는 없다. 여느 때보다 부쩍 '여성'과 '미래'에 관한 책이 쏟아지는 것 같다. 일상 속에서도 페미니즘이나 4차 산업혁명 같은 말들이 들려오고는 한다. 그만큼 불평등한 사회에서 불안하게 살아간다는 것일까. 인간 세상이 언제 안 그런 적이 있었던가. '무거운' 현실 앞에서 '무섭지 않은' 희망을 짓는 일이 어렵기는 한 것 같다. 아무래도 '여성'에 관한 책은 더 주의

깊게 살펴보게 된다. 무지함과 답답함과 기대감이 뒤섞인 채 누가 무엇을 어떻게 썼는지 따라가본다. 비판과 공감과 교훈 같은 것을 나는 기대하는 것일까. 언제라도 장바구니가 가득하다. 우유나 콩나물, 돼지고기처럼 책이 담긴다는 것은 뿌듯하다.

『섹시함은 분만실에 두고 왔습니다』(야마다 모모코)를 읽으며 친구를 떠올렸다. 내 친구도 '야마다 모모코'다. 저자처럼 출산 후의 몸과 마음의 극적인 변화를 겪으면서도 시종일관 자신과 가족에 대한 애정을 지켜가기 위해 애쓰는 친구이다. 거기에는 천성적으로 타고난 낙관적 성격이 한몫한다. 야마다 모모코처럼 재미난 캐리커처에 센스 작렬 문구를 넣어 인스타그램에 올리는 재주는 없지만 말이다. 두 아이의 엄마인 친구는 재취업을 준비하고 있다. 오랜만에 컴퓨터 앞에 앉아 이력서와 자기소개서를 쓰면서 기분이 무척 좋아졌다는 것이다. 그래 잘했어, 격렬히 호응해줬다. 어떤 좌절과 피로가 들이닥칠지 모르는 것이 아니지만 말이다. 육아에 지쳐서 휴식과 숙면이 간절한 엄마들이 읽으면 야마다 모모코의 책은 재미와 위안을 줄 것 같다. 무너진 몸매를 극복하지 못한 채 일터로 돌아가며 아이에게 미안한 마음까지 얹혀 있는 이 땅의 엄마들에게도 응원의 마음을 보내고 싶어진다. 샤워할 때 조차 욕실 문을 열어놓고 앞에 아이들을 앉혀두어야 하는 엄마들에게 야마다의 그림들은 과장이 아니었다. 모모코처럼 아이들을 키우며 일터를 지키는 씩씩한 엄마들 만세!

오랜간만에 외출해서 남이 차려주는 밥은 뭐든 다 맛있다고 하니 누군가 이렇게 되돌려주었다. '구두 신고 먹는 밥'이 맛있죠. 정말 그런 것 같다. 우리 사회는 종족 보존과 유지의 사명을 다 같은 열도와 패턴으로 유지할 수 없다는 것을 자연스럽게 인정하기 어려운 분위기다. 직장맘, 전업주부, 경단녀, 맘충 등의 용어에는 구별 짓기와 은근한 차별, 배척과 혐오의 감정이라는 것이 드러나는 것 같다. 『남편은 내가 집에서 논다고 말했다』(최윤아)에서 「결혼과 동시에 뚫린 '퇴사 고속도로'에서」「결혼 후 그들은 덜 중요한 일을 권했다」「한때 알파걸이던 내가 전업주부로 산다는 건」 등의 소제목만 보고도 마음이 들썩거렸다. 이 책에서 가장 눈에 띄었던 부분은 "자기만의 방"을 마련한 대목이었다. "꿈에 데인" 저자는 일을 하면서도 전혀 행복하지 않았다고 한다. 퇴사라는 아내의 결정에 대해 존중 의사만을 밝혔던 남편이 창고방을 치우고 아내에게 공부방을 마련해주었다. 저자는 그

공간에서 책을 읽고 글을 쓰며 서서히 회복되었다. 으레 서재는 남자들의 작업실처럼 여겨지지만 아내들에게도 안방이나 거실, 부엌 이외의 혼자만의 공간이 필요하다. 가족들의 평안과 안녕을 위해서가 아니라 오직 그녀 자신들을 위해서 말이다. 나이 들어 '나는 누구인가' 허망하게 되물을 것이 아니라, 매 순간 그런 질문들 속에서 살아가야 하는 것이 아닐까.

인간은 누구에게나 고독할 권리가 있다. 이 땅의 여성들에게 그리 호락호락하지 않은 요구다. 지혜로운 딸로, 현명한 엄마로, 착한 며느리로, 관대한 아내로 살아가는 것이 정답은 아니다. 자유와 평등을 요구하기 위해 매일매일 전투적으로 살지 않아도 좋을 시공간은 누가 어떻게 만드나. 어떻게 '가짜 평온'에서 탈출할 것인가. 『엄마 말고 나로 살기』(조우관), 『딸로 입사 엄마로 퇴사』(이주희) 등을 읽으며 내내 그런 생각들을 할 수 있었다. 저자들은 대단한 능력이 있어서가 아니라 꿈꾸기를 멈추지 않을 때 길은 아주 조금씩 열린다고 말했다. 꿈꾸는 이들을 베는 것이야말로 불건전성의 극치이자 사회악일 것이다. 제도와 규범이 통과해내지 못하는 곳에서 여성들은 여전히 곤란 지경에 있을 것이니 아직 더 많이 쓰여야 할 것이다.

　어렵게 침묵을 깨고 상처를 드러내는 여성들에게 일과 가사, 육아의 불균형과 힘겨움을 이야기하는 것은 좀 다른 차원에서 어떤 소외감 같은 것을 불러일으킬지도 모르겠다. 이 낭떠러지 같은 현실에서 더 많이 상처 받았던 여성들이 고스란히 우리 안에 있을 것이어서 치열하게 말고 느긋하게 사랑을 배우고 싶다. 문정희 시인은 "오늘 저녁은 / 지금까지의 저녁이 아니다 / 놀랍지 않은가 / 이 낭떠러지에서 / 당신을 사랑하는 일 // (……) // 태어날 때 이미 내 손에 도착한 / 선물이 / 꽃잎의 시간이 / 무수한 축복의 뿌리를 달고 있음을 / 이제야 본다는 것 / 놀랍지 않은가"(「당신을 사랑하는 일」)라고 노래한 바 있다. 이미 내게 주어진 "무수한 축복"을 본다는 것은 어렵기 때문에 놀라움과 닿아 있으며, 그 가능성이라는 것을 쫓는 것이 삶의 다른 이름일 것이다. 사랑은 늘 멀리 있지만 말이다.

느긋하게 사랑을 배운다는 것

뿌연 봄날이 계속되었다. 강릉 경포대에 갔다(여름날의 북적거리는 해변은 도저히 엄두가 나지 않는다). 아이들은 끝도 없이 모래를 팠고, 조개껍질을 주워 모았다. 미역인지 파래인지 해변으로 밀려드는 것들을 수북하게 쌓아놓았다. 부서지는 파도에 발을 담그며 뛰어다녔다. 물빛이 아름답고 볕이 따스했지만 이제 바다는 더 이상 그 바다인 것 같지 않았다. 배와 관련된 모든 기표들이 무겁게 가라앉고는 한다. 봄 바다의 한적함 속에 숨어 있는 '송곳'을 어찌할 수 있겠는가 말이다.

ㅇ

　인간은 강하고 위대하고 아름다운 존재도 될 수 있지만 또
한 약하고 비루하고 악한 존재이기도 하다. 그 무엇도 아니
고 그 무엇도 될 수 있는 것이 인간인 것인가. 흑인 여자아이
로 태어나 짐승처럼 자라난 '바키타'가 성녀가 되기까지의
과정(베로니크 올미의 장편소설 『바키타Bakita』에 대한 이재룡
의 글 「여섯 번째 주인」, 『현대문학』 2018년 3월호)을 읽으며
속이 긁혔다. 노예에서 하녀로 다시 수녀가 되기까지 여섯
명의 주인을 거쳐간 바키타는 한때 인간이 아니었으며, 그녀
에게는 모국어가 없었다. 인간 아이를 실제 짐승처럼 키우는
것이 가능한 인간 사회이다. 인간을 언제라도 짐짝처럼 취급
할 수 있는 것이 가능한 세계이다. 사람이 탄 배를 침몰시키
고, 사람을 가둔 채 불을 지를 수 있으며, 지붕 위에 폭탄을
투하하고 화학약품을 퍼뜨릴 수 있는 세계. 이념과 종교에
바탕을 두고 혹은 그런 것 없이도. 자본의 놀라운 힘과 흐름
속에서 말이다.

○

　최근 발간된 여성에 관한 책 몇 권을 신문 지면에 소개하면서 나는 "역설적이지만 더 이상 치열하게 말고, 느긋하게 사랑을 배우고 싶다"고 썼다. 이 시대를 살아가는 여성들의 목소리에는 피로와 불만, 불안과 기대, 위트와 해학이 뒤섞여 있었다. 그것을 가지런히 정리하는 일도, 이제까지 보지 못한 새로운 것을 발견하기도 어려웠다. "그럼에도 불구하고" 시작되는 하루하루 일상들을 도대체 어떻게 살아내야 하는가, 끝도 없는 질문들을 퍼 올리며 꿈을 포기하지 않는 여성들의 삶에 대해 말을 보태는 것이 쉽지 않았다. 그런데 '치열하게'가 아니라 내가 선택한 것은 '느긋하게'였다. 지치지 않고, 포기하지 말고, 명랑하게, 기꺼이 웃으며, 내 안의 것을 새롭게 발견하려는 노력을 기울이고 싶었기 때문일까. 나는 나 자신도 지키지 못할 것들을 중얼거린 것은 아닐까. 나는 어머니와의 세대 차이가 견디기 어렵고, 동시대를 살아가는 또래의 남성들에게 별 근거 없는 원망을 품고 있으며, 나와는 다른 자리에 서 있는 여성들이 부러울 때가 많다. 신문 편집자는 내게 나의 구체적 경험을 살려 솔직히 쓸 것을 기대했지만 나는 진심을 내보이기 어려웠다. 시간을 쪼개어 글을 쓰고, 차분하게 일을 하려고 애쓰지만 마음은 늘 쫓기고 자주 버럭하는 40대 엄마의 모습으로 겨우 살아가고 있는 것이다. 20대에 나는 동료에게 '편집증적 강박'이 있다는 소리를 들었는데, 40대의 내게는 '피해망상'이라는 말이 따라왔다.

o

얼마 전 문학잡지에 시집 평이 실린 적이 있는데, 그 글에서 나는 '페넬로페'가 되어 있었다. 평론가는 나의 네 번째 시집에서 히스테릭한 여성의 목소리를 읽었나 보다. 살기 위해 이야기를 하지 않으면 안 되는 여성을 호명한 것이다. 생산적인 비평을 읽고 나면 새로운 '나'를 선물 받은 듯이 또 다른 '나'를 향해 걸어나갈 힘이 생겼다. 그러고는 그 구체적인 평가의 내용은 또 곧잘 잊어버리고는 했는데 이번에는 좀 달랐다. 지극히 사적인 영역을 치고 들어와 나의 글을 읽어대는 태도가 불편했다. 그 불편함 속에는 좀처럼 집중하여 글을 쓰기가 어려운 일상생활에 대한 불만과 피로가 섞여 있었다. 차라리 그것을 공정한 평가라고 해야 할까. 여러모로 예전 같지가 않다. 생활도, 글도, 평가도, 관계도, 시선도 모두 그렇다. 이런 걸 슬럼프라 한다면 등단 14년 만에 대단한 슬럼프다. 나이 든 사람들이 왜 그렇게 쉽게 노여워하는지 40대가 되어서야 알게 되었다. 질투와 분노는 사람을 홀러덩 태우고도 남음이 있다. 젊음과 새로움은 한 사람에게 지속될 수 있는 것이 아니어서 사람들은 그렇게 맹목적이 되는 것일까. '나이 듦'에 대해 배워야 하는 시점에서, 나는 많이 아프다.

○

나는 현실 경제에 대한 체감온도가 낮고, 시대와 역사에 대한 고민이 깊지가 않다. 감정기복이 심한 데다가 개인적인 성향이 강한 것도 있지만 어떤 면에서는 억압이 심했던 것 같기도 하다. 전라도민으로서 부모님은 가난한 서울 생활을 시작하면서 자식들이 정치색을 드러내는 것을 끔찍하게 꺼리셨다. 어릴 때는 신문이나 텔레비전 뉴스를 못 보게 하셨다. 순종하지 않으면 학교에 보내지 않겠노라고 엄포를 놓으셨다. 무지의 두려움을 착실히 학습했다. 더 부끄러운 일은 그런 억압들이 '이야기' 속에 빠지는 통로가 되었다는 점이다. 다방면으로 안전한 문고판 세계명작을 읽어대며 그 시절을 보냈다. 책이란 것은 부모들에게 평화로운 느낌을 주는 물질이었고 알든 모르든 내게는 유일한 놀잇감이었다. 그런데 그러면 안 되는 일이었던 게 아닐까. 모든 중독은 쉽지만 빠져나오기 어렵다. '이야기'는 '술'이 되었다가 '연애'가 되었다가 '시'가 되었다가…… 끝내 절망하지 못한 채 살고 있는 것이 아닌가. 고독하다고 심하게 착각하면서 말이다.

∘

근대 초기 여성잡지들을 들춰보고 있다. 조선의 독립과 근대화를 위해 봉건적 잔재를 청산하고 근대적 주체로 거듭나야 하며, 특히 부녀자들의 각성과 계몽이 뒷받침되어야 한다는 주장은 절실하게 들리기는 한다. 여성 인구의 90퍼센트 이상이 농촌 여성이었고, 문해文解 능력을 가진 지식인 여성이 2퍼센트에 불과하였다는 점을 고려하면 여성운동이 신교육을 받은 특수 계층의 움직임에서 비롯되었으며, 새로운 가족 개념을 정초하기 위한 근대사회 시스템의 요구이기도 했다는 사실을 어렵지 않게 짐작할 수 있다. 그러나 텍스트만으로 당시 여성의 삶의 조건과 환경을 온전히 파악하기 어렵다는 생각을 했다. 글도 배움도 없이 억압 속에서 생존을 이어가야 하는 이 땅의 수많은 여성들이 있었을 테니 말이다. 또 한편으로는 여성 지식인들조차 특정 기관이나 단체의 소속으로서 완전히 자유로울 수 없었을 것이니 무엇을 위한, 누구를 위한 운동이었는지 다시 생각해보게 된다. 계급과 계층 해방은 멀어지고, 점차 대상화되는 소비 주체로서의 여성은 부각되었던 것이 아닌가.

"인생은 저를 표준한다. 표준할 자기가 없는 때는 만상이 어찌 있으랴. 모두 허공이다."(『부녀지광婦女之光』권두언) 저를 표준하여 자신을 지지해줄 만상을 새롭게 발견하려는 이 땅의 여성들은 오늘도 부지런히 움직이고 있을 것이지만 지금의 현실은 또 어떤가. 최저임금 인상이 교육에서 소외된 저소득 여성들의 실업으로 이어지고 있으며 영세 사업자들이 고용을 줄이는 방식으로 제도에 반응하고 있다는 뉴스, 자신의 능력만으로 진학과 취업이 어렵다는 청년층의 위기 진단과 계층 간 소득 격차가 실질적으로 입시 결과에 그대로 이어진다는 소식, 전직 대통령의 잇따른 구속과 상상 불가능한 액수의 횡령……. 사건과 현상을 바라보면 개선되어야 할 제도나 규범이 너무 많지만 우리 사회를 지배하는 억압과 관념의 저항 만만치 않은 것 같다. 몇 세대를 걸쳐도 흔적을 지우기 어려운, 피에 새겨진 '밥'에 대한 갈망을 떨치기란 매우 어려운 일인 것 같다. 우리 모두가 두려워했던 것은 무지가 아니라 가난이었는지도 모른다. 가난할 용기란 무엇인가. 어떻게 내 것으로 가질 수 있는가. 언론인 서화숙은 한 강연에서 필요 이상의 돈을 벌려는 욕망 기계들은 모두 정신병자라고 신랄하게 비판하였다. 우리 사회를 향한 자신의 글쓰기가 세상을 어떻게 조금씩 변화시켰는지에 대한 강연을 들으며 감동적인 부분도 많았지만 대체로 참담한 기분이 들었다. 여기까지 어렵게 왔지만, 또 조금씩 나아지고 있지만 낙관적 전망을 내놓기는 너무나 어렵다. 지난한 삶을 견디며 용기 있게 산다는 것에 대해 다시 생각해봐야 할 것 같았다.

°

　영화 「쓰리 빌보드」(2017)는 강간당한 채 불타 죽은 딸의 엄마가 도로의 광고판에 경찰을 비난하는 문구를 올리는 것에서 이야기가 시작된다. 마을 사람들의 천태만상은 인간의 고통과 분노, 잔인함, 뒤틀린 욕망과 그 비루함을 보여준다. 어긋난 관계들과 우연은 또 다른 사건 사고들을 계속 불러일으킨다. 범인이 끝내 잡히지 않고 이야기가 종결되는 것은 그럴 만하다. 딸을 잃은 엄마와 전직 경찰은 장총을 자동차에 싣고 길을 떠난다. 아무것도 해결되지 않은 채 끝나는 것 또한 그럴 만하다. 어떤 집요한 문제의식을 가지고 끝까지 추적해 가도 단번에 풀어내기 어려운 물음으로 가득 찬 세계에 우리는 살고 있는 것이 아닌가. 삶의 어떤 국면은 뚜렷하지가 않다. 다 같이 피해자이면서 가해자인 세상에서 말이다. 그러나 이렇게 뭉뚱그린다고 인간적인 세상이 되는 것 같지는 않다. 명확하게 죄를 묻고, 처벌을 요구하고, 규범과 제도를 마련해야겠지. 해야 할 것을 하고, 하지 말아야 할 것을 하지 않는 것이 이토록 어렵다니. 삶이 이토록 잔인해서 시는 여전히 쓰이는 것 같다.

○

밤새워 연구보고서를 쓰다가 새벽녘에 고열이 나는 딸아이에게 해열제를 먹이고 아침까지 새우잠을 잤다. 미역국에 찬밥을 말아 먹여 아이들을 유치원과 학교에 보내고, 죽전까지 부랴부랴 강의하러 나갔다. 남북 정상이 악수하는 모습을 학교 식당에서 3800원짜리 백반을 먹으며 지켜보았다. 활달하고 흔쾌한 남북 대표들의 모습이 새롭게 느껴졌다. 무게 잡는 권위에 질린 탓이다. 변화란 이런 것일까, 가슴이 좀 두근거렸다. 그러나 세계경제 구조 속에서 남북한 모두 살아남아야 한다는 절실함 때문인지 화해와 공존이란 것도 구석에 몰려 선택한 협력의 테제 같다는 생각도 들었다. 상생의 길을 모색하는 것이 어쩌면 통일을 더 멀리 지연시킬지도 모르겠다.

북측 대표의 목소리가 듣고 싶었는데 식당의 텔레비전이 너무 멀어서 잘 들리지 않았다. 예상대로 회담장에 앉아 있는 유일한 여성으로, 김여정을 언론은 '게이트키퍼'로 호명했다. 그녀는 부지런히 메모를 하는 모습이었는데 문득 종이 위의 글자들이 궁금해졌다. 회담장을 그녀는 어떻게 기록하고 있었는가. 그 메모는 향후 남북 관계에 어떤 영향을 미칠 것인가. 리설주의 팬클럽이 생겼다는 소식이나 평양냉면집 줄이 길어졌다는 소식은 웃프다. 이념의 대립과 증오의 감정으로 과잉된 정치의식이 흐릿해진 것이니 반가워해야 하는 것일까. 정말 세상이 달라져야 한다면 그건 어떤 힘에 의해서 가능한 것일까. 크게 웃고 서로 끌어안는 회담장의 화해로운 분위기는 실제 달라진 남북 관계를 이미지화하여 전파를 타고 전 세계에 보도되었다. 새로운 이미지 전송에 그치지 않고 달라진 세상을 기대하는 목소리가 높은 것 같다. 말과 글이 실질적으로 이 세계를 기록하고 변화시킬 몇몇 수단 중에 하나라면 이 두렵고도 새로운 기분을 어떻게 기록할 수 있을까.

귀가 잘린 고양이처럼

나는 읽고 쓰는 가운데 나와 세계를 실감하는 편에 속한다. 언어의 질감을, 책의 부피를 좋아하며 그것을 나와 떼어낼 수 없다고 느낀다. 그런 감각들은 견고하지만 약하고, 아름답지만 무상할 때가 많다. 그것이 '나'라는 존재, 세계를 구성하는 한 개인의 출발일 테지만 별다른 것은 아니라고 생각한다.

초여름 담벼락 끝에 매달린 포도는 골목길에서 보기에 좋았다. 아직 푸르고 단단하였다. 먹기에 떫고 실 것이다. 무엇이 될지는 아무도 모른다. 새까맣고 투명하게 익어갈지, 덜 익은 채 아이들의 장난감이 될지, 길고양이들이 기웃거릴지.

포도는 굉장한 존재감을 내뿜어 골목을 지나는 발걸음을 늦추게 한다. 둘째 아이는 집에 온 손님들에게 그 포도를 소개하며 골목길에 함께 나가보자고 했다. 그것이 아이의 마음이라고 생각하니 어쩐지 포도를 입안 가득 머금은 것처럼 정신이 맑게 깨었다. 무엇인가를 말할 때나 누군가에게 다가설 때 나는 너무 망설이고 오래 주춤거렸다.

여전히 나는 지식의 축적이나 사실의 종합, 객관적 판단 같은 것에 서툴다. 그보다는 의심과 회의, 불안과 절망에 기울어 있다. 그러나 젊음이 지나가고 나니 감각에 대한 충일감이나 새로움에 대한 목마름도 예전 같지 않다. 그것만으로는 불충분함을 느낀다. 이제는 존재와 관계에 대한 천착이 숙제처럼 주어져 있는 것 같다.

○

손보미 장편소설 『디어 랄프 로렌』의 종수는 짧은 편지 한 줄에서 촉발된 기억을 더듬어 간다. 고등학교 시절 같은 반 여자애의 부탁을 받고 쓰기 시작한 영문 편지를 완성하지 못한 채 미뤄두었던 시간이 갑자기 도래하여 종수는 난데없는 세계로 빠져든다. 공부밖에 모르던 종수가 유학 중 대학원에서 쫓겨나고 혼란과 실패감에 시달리며 짐을 싸다가 서랍 속에서 우연히 발견한 편지인데, 오랜 시간 가슴속에 묻어두었던 일이 필연적으로 되돌아온 것처럼 보인다. 수수께끼를 풀어가듯 모르는 사람들을 만나 인터뷰하는 과정 속에서 종수는 상대의 말을 귀 기울여 듣지만 그것은 자신의 말을 찾아가기 위한 것이었다. 자신 안에 꽁꽁 숨어 있었던 말이라는 것이 오프 더 레코드의 상태에서만 떠오르듯이 해야 할 말은 인지와 인식의 영역 너머에 있는 것이어서 쉽게 수면 위로 떠오르지 않았다.

자신이 속해 있던 곳에서 벗어날 때 문득 다른 것을 바라볼 수 있게 되는 것이 아닐까. 대학원에서 함께 공부하던 같은 동양계 학생이 갑자기 사라진 종수를 찾느라 매일 밤 같은 시각에 문을 두드려도 거기에 종수는 이미 없다. 노크 소리는 그의 내면을 흔들기는 한다. 예정대로 공부를 마치고 무엇인가를 통과해내지 못한 종수에게 멀미를 일으키는 소리여서 그는 문을 열지 않는다. 응답하지 않음(적절한 위로를 받거나 작별 인사를 건네지 않는 것)으로서 그는 여태까지 숨겨왔던 자신의 내면의 소리를 쫓아갈 수 있게 된다.

누군가는 계속 공부를 할 것이며 그가 다하지 못한 과정들을 착실히 밟아갈 것이지만 그것이 꼭 성공이라고 말할 수 있을까. 실패와 성공으로 정리되지 않는 삶의 한 고삐를 잡았기에 종수는 처음으로 진심을 다해 자기 자신에게 몰두한다. 가능성의 영역에서 움직이는 것이 아니라 불가능의 영역에서 관계를 창조한다. 잃어버린 시간을 찾아서 그는 집요하게 살아 움직인다. 종수는 실패감에 참담하게 시달리지만 정말로 실패한 인생은 아니다. 어떤 인생도 실패했다고 이야기하기 어려울 것이다. 차라리 우리는 주어진 어떤 형식이나 구조 안에 갇혀 지내다가, 자신이 다 인지하거나 기억하지 못하는 것들과 문득 마주치게 되면서 아주 잠깐 인생을 실감하는 것이 아닐까. 덧없는, 그러나 벗어날 수 없는 욕망의 지도를 내려다보며 자신의 발이 그것을 딛고 있음을 확인할 때 발가락은 뜨겁고 간지러울 수밖에 없는 것 같다.

o

다르덴 형제의 영화 「언노운 걸」(2016)에서 의사 제니는 케네디 센터를 포기하고 계속 작은 진료소 일을 맡아 하며 죽은 소녀를 찾아 헤맨다. 자신의 행동(진료 시간이 지나 울린 초인종을 무시하고 진료소 문을 열어주지 않은 것)이 소녀의 죽음에 연루되어 있기에 그녀는 아예 진료소에 간단한 세간을 갖다 놓고 먹고 자며 소녀를 찾는 데에 몰두한다. 만나는 사람들 모두에게 죽은 소녀의 사진을 보여주며 묻는다. 소녀는 죽었지만 제니의 삶 속에 여전히 존재한다. '이름'이라도 알아야겠다고 여기저기 수소문하며 다니는 동안 위험에 처하기도 하지만 끝내 포기하지 않는다. 우여곡절 끝에 드디어 죽은 소녀를 알아내고 그 사건을 둘러싼 사람들의 실체가 드러난다. 병든 아버지와 아들, 별거 중인 부부와 사춘기 소년, 공부를 포기하고 낙향한 인턴 의사, 이주한 흑인 자매들의 곤궁함, 동생의 매춘을 방치한 언니 등등. 소녀는 도망가다가 발을 헛디뎌 죽었지만 그녀의 죽음은 단지 실족의 문제만은 아니었다. 각자 삶의 힘겨움을 짊어진 채 살아가는 이들의 실수와 우연, 외면과 기만은 소녀의 죽음에 연루되어 있었다(물론 직접적으로 그녀를 무리하게 쫓아간 한 남자의 정체가 드러나고 자살 소동 이후 자수에 이르지만).

그런데 이상하게도 여의사 제니의 내력이랄까 그런 것은 극히 축소되어 있다. 그토록 절실히 자신을 책망하고 속죄하려는 감정적 동기 부분이 이야기 속에서는 생략된 것이라고 할 수 있는데, 이 생략된 부분이야말로 이 영화가 말하려는 죄의식의 본질이라고 할 수 있지 않을까. 개인성의 영역에서 다룰 것이 아니라 어떤 경험과 내력을 가졌더라도 인간이면 누구나 갖고 있어야 할 근원적 감정과 태도의 영역에 대해서 말이다. 개인의 죽음 앞에서 다른 사람을 비난하거나 책망하지 않고, 도의적 책임을 지고 사회적 영역으로 끌어안는 제니의 행보가 부끄러움을 자극하게 만드는 것은 우리 사회에 죽음에 대한 인식과 태도 때문일 것이다.

우리는 종종 너무 잔인하다. 무관심과 망각, 무책임과 냉대야 말로 그 잔인함의 실체일 것이다. 누구도 책임지지 않으려는 태도 때문에 우리는 수많은 이들을 잃어왔고 앞으로도 그런 일들은 멈추지 않을 것이다. 우리가 살고 있는 이 세계가 얼마나 야만적이고 폭력적인지를 실감하게 되는 사건들이 계속 벌어지고 있다. 인간의 생명과 윤리에 반하여 살아갈 때 맞이하게 될 참사와 고통이 눈앞에 드러나도 많은 이들은 그것을 외면할 준비가 되어 있으며, 눈감은 채 살 수 있는 사람들이 있어서 눈 뜬 채 죽을 수밖에 없는 많은 사람들이 존재하는 것이 아닐까. 누군가 문밖에 서성일 때 열어주지 않을 수는 있어도 멈추거나 뒤돌아볼 수 있는 것이 최소한의 사람일 것이다. 오늘도 홀로 서서 이 세계에 저항하는 수없이 많은 개인들이 있을 것이다. 개인들의 용기와 의지와 실천이 이 사회를 바꿀 것이라 믿어야 하는데 마음속 깊은 곳에서 그렇게 하고 있지 못하다. 변화는 믿음의 문제가 아니라 생활의 문제여서 구석구석 바꿔야 할 것들이 너무 많고, 현실은 너무 완강한 데다가 선의조차도 관계 속에서 뒤틀리기가 쉽기 때문이다.

○

장마철이다. 오락가락하는 빗줄기. 밤하늘도 뿌옇다. 아이가 달이 보고 싶다고 한다. 날이 흐리니 그건 좀 힘들 것 같다고 그만 가서 자라고 했다. 방으로 들어간 아이는 크레파스로 종이를 새까맣게 칠하고 야광 스티커를 달 모양으로 오려 붙인다. "여깄지, 달" 하는 아이 옆에서 한 시절이 간다. 고양이 스티커의 뾰족한 귀를 잘라 붙이고는 그건 또 별이라고 한다. 내게는 없는 하늘이다. 아이가 자기 앞의 하늘을 만들어낼 때 나는 무엇을 했는가. 눈앞에 있는 것이 아니라 마음속에 있는 풍경에 대해 생각해본다. 내 마음속에는 어떤 풍경이 펼쳐지고 있는지 말이다. 그것이 너무 적막하여 나 자신을 받아들이기가 매우 어렵다. 나는 어린아이들에게 어떤 종류의 폭력적 체계와 억압의 구조를 물려주고 있을 것이다. 귀가 잘린 고양이처럼 울음이 차오른다.

나와 어린 시절의 '나'는 0.1센티미터

어린 시절의 나는 소심하고 잘 우는 아이였던 것 같다. 엄마 치맛자락을 붙들고 놓지 않아 꽤 애를 먹였다고 한다. 화장실까지 따라다녔다는 이야기를 하시며 엄마는 웃으시곤 했다. 아주 오래 그러했지만 서서히 나는 내 세계를 갖게 되었을 것이다. 이웃들은 겁이 많았던 나를 아직도 기억한다. 덤으로 콩나물이나 조개 같은 것을 듬뿍 얹어주던 상인들 중에는 이제 더 이상 만날 수 없는 분들도 있다. 아이들의 엄마가 된 나는 이제 평범한 아줌마가 되었지만 여전히 부끄러움 많은 어린 시절의 나를 마음에 품고 살아가고 있을 것이다. 그때 보았던 풍경과 사람들, 사건들이 '나'를 키웠던 것은 두말할 나위가 없다.

나를 사로잡는 것은 길고양이가 느닷없이 출현하는 골목길이다. 가난하고 후미진 동네에서 어린 시절을 보냈기 때문이다. 공사장 인부들이나 노점 상인들은 일을 하다가 마찰이 생기면 거친 욕을 내뱉으며 마구 싸워댔지만 다음 날이면 또 언제 그랬냐는 듯이 웃으며 일상을 보내곤 했다. 어린 내게는 다소 이상한 일이었지만 동시에 안도감을 주는 모습이었다. 옆 동네 대학에서 자주 최루가스가 날아들어 눈물 콧물을 뺐고 어른들은 혀를 끌끌 차댔다. 그 가스 속에 실린 울분과 분노를 어린 나는 아직 몰랐을 것이다. 작고 사소한 기억들이지만 그러한 것들이 변함없이 내 마음속의 등불 같은 것이 되어준다. 좋게만 기억할 수 없는 것들도 많다. 억압과 차별의 순간에 느끼는 절망을 뒤로하지 않으면 앞으로 나아갈 수 없었다. 그것을 정면으로 맞서기에 어리고 심지가 약했다. 침묵과 관찰로 배움을 채워갔으니 마음속에 그것은 죄의식 같은 것으로 남아 있다. 누군가의 희생과 고통이 아니었다면 오지 않을 시간, 그것이 바로 현재이다. 과거의 기억들을 바탕으로 현재 나는 줄곧 글을 쓰고 있다. 뒤늦게 수다를 떠는 셈인데 내 방식으로 다시 호흡하는 과거의 시간들은 조금 다른 세계로 나가기 위한 나만의 방식이라고 할 수 있다.

그런데 어쩐지 그런 시간들은 희미해지고 요즘의 나는 조금 더 안락하게 살아보려고만 하는 것 같다. 어쩌지 못하는 욕망의 덩어리를 굴려 가다가 문득 되돌아보게 된다. 꼬리표처럼 따라다니는 가난의 흔적을 서둘러 벗어버리고 싶었던 시절이 있었지만 내 기억 속에는 공동의 호흡과 나를 키운 울타리 같은 것들이 있었다는 것을 잊을 수가 없다. 그 시공간들이 아니었다면 나는 지금 여기에 없을 것이다. 자주 나의 욕망과 내가 지나온 시간을 저울질하며 나의 현재 삶을 단속하고는 한다. 그렇다 하더라도 이동과 변화의 가능성이 없다면 나는 아무것도 아닐 것이다. 그리하여 지금의 나는 언제라도 어린 시절의 나와 0.1센티미터쯤 떨어져 있다.

간혹 학창 시절의 사람들을 만나 옛날 얘기를 하고 있자면 무척 재밌는 사실이 발견된다. 저마다 기억하고 있는 모습들이 서로 조금씩 다르다. 한 시절을 함께한 사람들의 그 차이가 자리의 즐거움을 더한다. 어떤 반가움과 아쉬움이 복잡다단하게 얽히며 우리는 조금씩 나이를 먹고 있는 것일 테다. 성장한다는 것은 무조건 조금씩 더 나아진다는 말은 아닐 것이다. 인생의 어느 단계에서도 삶은 완결되지 않을 것이다. 그보다 좀 더 복잡한 국면을 딛고 있는 것이 아닐까. 어떤 고통을 어렵사리 극복하고, 희미한 희망을 짓는 일이 될 터이니 말이다. 전혀 그렇지 못해 상처를 끌어안고 평생을 견뎌야 하는 사람도 있을 것이다. 자주 끝없는 나락으로 떨어지는 기분 속에 허우적거리게 만드는 것이 인생이니 말이다. 고통의 근원에는 타인과의 관계만큼이나 타인과 관계를 맺는 자기 이해의 모순과 어려움이 존재할 것이다. 사람들은 저마다 다른 이유로 고통 받고 방황하지만 그러면서 자주 과거의 '나'를 들여다보며 현재의 '나'를 되비추고 미래의 '나'를 점쳐볼 것이다. 현재의 '나'와 미래의 '나'도 0.1센티미터쯤 차이가 날 수 있다는 것이 희망 아니겠는가. 그 미래에 '나'는 누구와 어떤 순간들을 함께할 것인지는 자기 자신의 선택과 이해에 따라 다를 것이다.

바깥으로부터 규정된 정체성에 끊임없이 질문을 던지며 의문을 제기하는 것, 미완인 채 자신의 부족함을 끌어안는 것, 다른 사람과의 교섭과 대화를 통해 변화를 꿈꾸는 것, 자주 절망하지만 믿음 안에서 희미한 불씨를 되살려보는 것. 이것이야말로 사람만이 가질 수 있는 용기이자, 사랑의 힘이 아닐까. 그 희망은, 나를 나 자신의 고유함 위에 놓는 것과 나 자신을 타인의 눈으로 바라볼 수 있는 것 사이의 긴장과 탄력 사이에서 발생한다고 믿는다. 사람과 사람 사이의 움직이는 거리에 의해 이 세계는 완고한 규정을 조금씩 벗어나 아주 약간씩만 빛이 난다.

생명의
작은 신호들

이웃 사람들

키가 크고 마른 남자였다. 일주일이면 두세 번은 마주쳤다. 남자나 나나 사람들이 잘 다니지 않는 시간에 움직이는 편이었다. 길 건너 아파트에 사는 남자는 대개 지하철역으로 가거나 역에서 집으로 돌아오는 중이고 나는 운동과 산책을 핑계 삼아 동네를 어슬렁거리는 편이다. 기다란 지팡이로 바닥을 두들기며 걷는 것만 봐도 앞이 보이지 않는다는 것을 단번에 알 수 있다. 그런데 전혀 안 보이는 것 같지는 않았다. 무엇인가 조금 볼 수 있는 것 같기도 했다. 가까이서 본 적이 있는데 눈을 다 감지 않고 아주 조금 뜨고 있었다. 꼭 감기지 않는 것인지 일부러 다 감지 않는 것인지 알 수 없었다. 조금 흐릿한 눈동자가 느린 속도로 움직이고 있었다. 매일 다니는 길이어도 아예 보이지 않는다면 훨씬 더 느린 속도로 조심해서 걸을 것이다. 그렇게 된 지가 꽤 오래된 것 같기는 하다. 지팡이 사용이 퍽 익숙하였고 얼굴이 평온하였다. 다른 사람을 의식할 눈도 없지만 특별히 더 그러는 것 같지 않았다. 나는 그의 눈을 두고 여러 가능성을 생각해본다. 질병이나 사고 같은 것 말이다. 내 생각과는 달리 선천적인 것일 수도 있다. 눈이 멀게 된 사연보다 그의 가방에 더 관심이 가지만 크로스백은 매번 굳게 닫혀 있었다. 크기가 크지 않고 색이 바랜 가방은 얇은 책 한두 권 정도가 들어갈 만한 것이었다. 그가 어디로 가서 무엇을 하며 시간을 보내고 집으로 돌아오는지 매번 궁금하지만 묻지 못했다. 언젠가 그가 야트막한 계단참에서 기우뚱하여 내가 달려간 적이 있었다. 하지만 곧바로 자세를 바로잡아 나도 그만 멈추었다. 너무 마른 것이 아닌가 생각될 때가 많았다. 주제넘게 빗질이나 면도를 도와주고 싶다는 생각이 들 때도 있었다. 그에게는 볼 거울이 없고, 더 큰 거울이라는 것이 있어 한 불안한 이가 자신을 지켜보고 있다는 것을 진즉에 알아차린지도 모르겠다. 그를 스토킹하는 내 자신이 부끄럽고 내 시선이 한심하기도 하다. 그를 두고 나는 조금 이상한 나로서 좋은 이웃이 된다는 것은 무엇인가 곰곰 생각해보게 되었다.

o

눈이 동그랗고 언제나 화장이 조금 짙은 편이었다. 나보다 네댓 살은 많아 보인다. 그녀는 웃는 인상이고 꽤 친절한 편인데 직업 때문인 것 같다. 정수기 필터를 교환해주기 위해서 서너 달에 한 번씩 우리 집을 방문한다. 어디 먼 곳에서 파견되어 오는 줄 알았는데 같은 동네 아파트에 살았다. 유니폼을 입고 깔끔하게 꾸민 상태로 늘 마주쳤다. 친절한 그녀는 거리에서 만나도 인사를 하고 아이들과 정수기의 근황을 묻는다. 네네, 다 좋아요, 라고 매번 성의 없이 대답한다. 한 번도 요즘 어떠세요, 잘 지내세요, 묻지 못하는 내가 한심하게 느껴질 때가 많았다. 그녀의 일과 기술이라는 것이 비교적 단순하고 어렵지 않게 습득할 수 있는 것이지만 그녀가 큰 정수기 회사에 소속되어 수년간 같은 지역을 담당하는 것이 훌륭하고 대단해 보였다. 내가 그녀를 특별하게 생각하는 것은 그녀가 대단한 골초라는 데 있다. 그녀가 담배를 피우는 모습을 한 번도 본 적은 없지만 알 수 있다. 짙은 향수 너머에 '조용히 고여 있는' 그녀가 대단한 애연가라는 것을. 제법 살집이 있는 그녀가 내가 건네는 음료수를 매번 거절하는 것이 딱 그것 때문은 아니지만 말이다. 나는 그냥 모른 척하는 편이다. 딱히 아는 것이 아무것도 없기는 하다. 무심한 척 그녀를 자주 살피는 이유는 불운의 기미 때문인 것 같다. 밝고 명랑하며 낙천적인 것처럼 보이지만 그녀에게 는 어떤 피로감이 숨어 있다. 나는 나도 모르는 사이 그녀의 고통의 흔적을 더듬고 있었다. 쉽게 말을 틀 기회가 오지 않 았지만, 앞으로도 좀처럼 그렇게 될 것 같지 않지만 나는 그 녀가 좀 덜 힘들기를 바란다. 정수기보다 더 오래 한 동네에 살았으면 한다. 나는 그녀의 담배 냄새가 싫지 않고 최대한 공손하게 인사를 한다.

o

그녀는 원칙주의자다. 엄격한 자기통제와 규율 안에서 말 하고 움직인다. 어린이집 주임인 그녀에게 부모들은 꼼짝 못 한다. 갓 서른을 넘긴 듯한 그녀는 자신보다 나이 많은 부모들에게 매우 친절하지만 어떤 문제에 있어서는 좀처럼 양보를 하지 않는다. 나는 그것이 좋다. 아이를 맡긴 부모들이 은근히 불평을 늘어놓을 때조차도 나는 속으로 그녀를 지지했다. 세상에는 그런 사람들이 필요하다고 늘 생각하는 편이다. 요즘처럼 아이들이 귀하고 귀해서 필요 이상으로 과보호하는 분위기 속에서 더욱 그런 것 같다. 그녀의 엄격함이나 단호함이 비교육적이라는 생각은 거의 들지 않았다. 대개 부모 쪽이 서툴거나 조급한 경우가 많았다. 내가 걱정이 되는 것은 그녀의 건강이다. 젊은 그녀는 좀 뚱뚱한 편이지만 얼굴이 희멀거니 어딘가 좀 약해 보인다. 실제로 우리 아이가 머리로 그녀의 턱 주변을 들이받았는데 이가 두 개나 부러졌다고 했다. 선천적으로 이가 약한 편이었다고 얘기했지만 어떻게 그렇게 되었는지 알 수가 없었다. 산재 처리가 복잡해 그냥 치료를 했다 하여 더욱 난감해졌다. 퇴근길에 그녀는 이어폰을 끼고 가방을 야무지게 메고 총총 걷는다. 지하철역으로 가는 것 같다. 너무 멀지 않았으면 좋겠다. 선생님은 미인형은 아니지만 어딘가 점점 예뻐지는 것을 보면 좋은 일이 있는 것도 같다. 봄날 같은 축복을 그녀에게!

○

　엉뚱 조카가 운동을 배우다가 힘들게 아이들을 가르치는 선생님께 물었다고 한다. 얼마 받고 일하세요, 힘들진 않으세요. 나 같은 엄마라면 아이에게 눈치를 주고 야단을 쳤을 것 같다. 꼭 그럴 일은 아닌지도 모르겠지만 온건한 버르장머리를 가르치느라 오늘도 스트레스를 받는 것은 나이다(미래의 '마이클 무어'들이 나와야 하지 않을까. 물으면 안 될 것들을 불편하게 물으며 한 걸음 나갈 수 있다면 말이다). 딸아이가 도우미 아줌마에게 집은 멀지 않으세요, 가방이 무거운데 공부를 정말 열심히 하시나 봐요, 엉뚱한 진단을 내놓으며 포도를 종이 가득 그려 선물로 드렸다. 눈치만 보는 엄마보다 웃음을 주는 사차원 어린이가 차라리 낫다.

　둘째 아이는 동물 흉내를 잘 내는 체육 선생님을 좋아하고 셋째 아이들은 선생님의 붕붕 노란 자동차에 큰 관심을 보인다.

　아이들은 끊임없이 엉뚱한 짓을 하고 이상한 질문을 내놓고 울고 웃어댄다. 피곤하고 성가신 일이다. 내가 그와 같은 시절을 통과해냈다는 것을 믿기 어렵다. 성장은 즐거움이지만 괴로움이기도 할 텐데 나는 좋은 부모 되기는 틀렸다. 후회와 반성과 자책을 일삼으면서 지내고 있다. 어린 시절 나의 부모가 젊고 불안정한 시기를 지나고 있었다는 사실을 몰랐다. 실제로 한강 다리 앞에 섰다는 아버지의 고백을 듣고 나는 설마 그럴 리가, 의심했지만 사실이었다. 연이은 사업 실패로 그럴 수 있었을 것 같다. 친인척 없는 서울의 변두리 골목에서 엄마도 그랬을 것이다. 옆집 하숙집 아주머니나 옥수수 할머니 같은 이웃들이 젊은 엄마를 아는 체해주지 않았다면 지내기가 더 힘들었을 것이다. 어린 나는 재래시장의 상인들의 입에서 일정 부분 자랐다. 그들은 콩나물 한 주먹을, 과일 하나를 더 얹어주면서 내 수줍음을 놀리기도 하고 내 미래에 대해 낙관을 늘어놓기도 했다. 엄마 치맛자락을 붙잡고 숨기 일쑤였지만 귀는 언제나 열려 있었다. 오래 잊고 있었다. 시장 사람들은 시장이 변하면서 떠나기도 했고 남기도 했다. 일은 고됐지만 그들은 건강하고 싸움도 잘하고 끈질겼다. 짐작해보면 돌아가신 분들도 상당수 있을 것 같다. 한 번도 그들에게 내 유년 시절의 빚을 이야기한 적이 없지만 이 글을 쓰면서 나는 어렵게 그들을 기억해냈다. 나도 그와 같은 이웃이 될 수 있을까. 사람과 사람 사이에 환한 고리를 지을 수 있을까.

　나는 무심하고 불친절한 이웃일 것이다. 우편물이 많고 말이 적은 이웃일 것이다. 나는 어린 시절 사회사업가 같은 것들을 꿈꾸었다. 봉사 활동을 하며 지내겠다고 했던 것 같다. 겁 없이, 부의 재분배를 위한 로비는 잘할 수 있을 것이라고 생각했다. 그런 삶을 이제는 완전히 잊었다. 사춘기를 지나며 예민하고 소심해졌고 중고등학교 정규 과정을 통과하면서 단순하게 나 자신에만 몰두하게 되었다. 일정하게 잃은 것이 있고 얻은 것도 아주 없지는 않지만 여전히 하루하루 사는 데 급급하다. 반상회 같은 건 나가지 않는다. 사회운동에도 참여하지 않는다. 한심한 뉴스만 한심한 자세로 들여다본다. 나는 어떤 이웃이 되어야 하는 것일까. 나는 우리가 서로 연결되어 있다는 사실을 왜 어떻게 무시하며 살게 된 것일까.

o

　영화 「다음 침공은 어디?」(2015)에서 마이클 무어는 유럽 각지를 돌며 미국 사회가 애써 빼앗아 와야 할 것들을 찾아 나선다. 스스로 '침공'이라 부르며 여기저기 성조기를 꽂는다. 미국이 잃어버린 인간 중심의 제도와 윤리가 제대로 박혀 있는 땅에 말이다. 세금의 반 이상을 무기 구입과 전쟁에 쏟아부으며 살상을 일삼을 것이 아니라 '다른 것'을 침공해야 한다는 그만의 역설이라고 할 수 있다. 테러의 공포를 조장하여 국민들을 억압할 것이 아니라 인간다운 삶을 실질적으로 돌려주어야 한다는 그의 주장에 현실적인 증거를 찾기 위해 그는 여행을 시작한 셈이다. 감독의 기획은 미국 사회의 시스템, 그것을 고안하고 유지하고 있는 미국 정치인과 기업가를 향한 비판과 반성을 촉구하는 데 있었지만 불행하게도 영화를 보는 내내 우리 사회, 내 나라도 미국과 퍽 닮아 있는 것이 보였다. 근로 환경과 복지, 재소자 인권, 교육과 여성 평등의 문제는 보고 듣고 생각하고 알아야 할 문제들이었다. 최고의 삶이 아니라 최선의 삶을 고민하지 않는다면 죄에 점점 가까워질 것이다. 노르웨이의 여성 기업가는 말한다. 우리는 '나'보다 '우리'에게 최선인 삶을 생각한다. 미국인들은 그렇지 않은 것 같다. 당신들의 이웃이 되고 싶지 않다. 미국인들은 퇴근해서 어떻게 마음이 편한가? 배고파도 먹지 못하는 사람들, 아파도 치료받지 못하는 사람들, 제대로 교육받지 못하는 사람들이 있는데 마음이 편하면 안 되는 것이 아닌가 반문한다.

영화의 후반부에서 마이클 무어는 독일의 장벽이 무너진 순간을 회상한다. 믿지 못할 일이 벌어졌던 역사적 순간에 그가 배운 것을 토로한다. 사람들이 단단한 벽을 망치로 두들겨 균열을 내기 시작하고 구멍이 뚫리고 무너지고 사람들이 통과해낸 순간 말이다. 베를린장벽이 무너졌다고 했을 때 나도 그랬다. 뭐 정말? 변화와 혁신의 과정과 방법에 대해 사람들은 할 말이 많겠지만 무어는 보통 사람들의 망치질을 흉내 낸다. 철근과 콘크리트 장벽이 망치 정도에 단번에 무너질 리야 없지만 균열과 구멍이 생기는 것에 대해서. 진실의 발견에는 절망과 고통이 수반된다는 것을 증명하기 위해 마이클 무어가 로드 다큐멘터리를 찍은 것 같지는 않다. 시스템 고발자로서 기업가와 정치인들을 골탕 먹이는 것은 수단에 불과하다. 자극적인 화면은 방법론일 것이다. 삶의 세부에서 평범한 이들이 얼마나 고통 받는지 그는 증명해 보이고자 한다. 또한 진정한 개혁은 이 소수에 의해서, 소수의 삶의 부분에서 일어난다고 말하는 것처럼 보인다. 평범한 소수자들로 우리가 어떤 이웃이 되어갈 것인가의 문제는 어떻게 삶을 변화시킬 것인가와 통하는 것 같다.

호수에 빠진 환상

잠실에 실내 놀이공원이 생겼다고 하여 친구들과 찾아가서 두리번거리며 우우 몰려다녔었다. 1990년대 초반 호기심 어린 눈빛을 가진 여중생이었다. 그런데 몇 년 후 이상하게 좀 달랐다. 그러니까 대학에 들어가서 얼마 지나지 않아서였던 것으로 기억한다. 남자 선배들 몇몇과 롯데월드에 갔다. 인공 조형물들이 더 아름다웠고 마스코트 캐릭터들이 더 생생했으며 솜사탕도 더 달콤했다. 마음에 드는 남자 선배가 있었기 때문일까. 허공을 가르는 고속 열차도 더 무섭고 재미있었다. 긴 대기 줄에서도 지겨운 줄 모르고 게임을 하며 깔깔거렸다. 구구단을 외자, 007빵 같은 유치한 게임이었다.

벨트를 채우고 풀 때, 다른 곳으로 이동할 때 서로를 챙기며 웃음 지으며 나는 그제야 비로소 이 별세계가 필요한 이유를 어렴풋이 알게 되었다. 꼭 누군가와 연애에 빠질 목적으로 가지는 않았지만 말이다. 어깨를 스치거나 무릎이 닿는 것이 캠퍼스 안에서와는 달리 기분 좋은 흥분을 안겨주었다. 이성에 대한 호기심과 연애에 대한 환상을 부추기는 분위기 때문이었다고 말하지 않을 수 없다. 여기저기 흘러나오는 전자 기계음과 음악 소리, 고함을 지르거나 웃는 소리, 때로는 우는 소리들이 정신없게 느껴지지만 달콤한 먹거리와 현란한 퍼레이드는 정신을 반쯤 빼놓고, 그래서 더욱 청춘 남녀들에게 괜찮은 데이트 장소가 되어주는 셈이다. 이국적인 환상을 품어내는 동화적 분위기 속에 빠져 있노라면 잠시 현실의 그늘을 잊을 수도 있을 것 같다. 그러나 그 세계는 분위기만 조성하고 슬그머니 발을 빼고는 한다. 실제로 연애가 시작되면 놀이동산의 세계가 아니라 터미널의 세계이다. 환상의 단물이 빠지면 피 흘리는 전투가 시작된다. 환상 속에서 튕겨져 나온 나는 현실적 삶과는 동떨어진 이상한 동화 속 세계가 불편하고 어색하게 느껴지기 시작하였다. 아이스 링크를 내려다보며 어떤 미끄러짐, 일어설 수 없음이 이 세계를 견디는 한 방식일 수도 있다는 생각을 했던 것 같다.

그리고 한동안 롯데월드를 잊었다. 다시 그곳을 찾은 것은 10년도 훌쩍 넘어 아이들의 엄마가 되어서였다. 지인과 아이들을 데리고 그곳에서 만나기로 했다. 어느새 나이가 들어 사람 많고 번잡한 곳이 싫어진 내게 그다지 반가운 제안은 아니었지만 어쩐지 애들을 데리고 한 번쯤은 가봐야 할 것도 같았다. 예상대로 정신이 없었다. 나는 애들을 놓칠세라 자꾸 손을 붙잡게 되고, 반대로 아이들은 미꾸라지처럼 빠져나가 여기저기 펄쩍펄쩍 뛰어다녔다. 끝도 없이 놀이기구를 태워달라고 했고, 색소가 가득 든 불량식품을 계속 먹어댔다. 이런저런 캐릭터 상품들을 자꾸 사달라 졸라댔다. 그날 일정은 야단과 협박으로 마무리되었다. 아이들의 흥분이 싫었고 하나도 즐겁지 않은 내가 짜증 났다. 다시는 안 온다가 마음속의 결론이었다. 먼지와 소음을 견디고 싶지 않았다. 몸과 마음에 나쁜 것은 거기 다 모여 있는 것 같았다. 국적을 알 수 없는 회전목마의 조악한 장식을 견디며 아이가 제자리에 돌아올 때마다 셔터를 눌러 사진을 찍어주는 것은 어떤 종류의 의무감일까. 한 번쯤 꼭 해야 하는?

○

잠실을 지나다 흘끔 보게 되는 고풍스러운 이국의 성은 특이하기는 하다. 호텔과 백화점 같은 고층 빌딩 사이에 지팡이를 짚고 요술 모자를 쓴 채 웃고 있는 너구리 조형물은 오랜 시간 익숙해진 탓에 그러려니 하지만 별스럽기 그지없다. 롯데월드는 모험과 신비를 주제로 한 실내 테마파크이자 복합 레저 공간으로 소개된다. 관광, 레저, 쇼핑, 문화가 도심 한자리에 자리 잡고 있는 것인데 상상 세계에 살고 있는 아이들에게, 사랑에 빠진 젊은이들에게, 시간을 죽이며 껄렁해질 필요가 있는 중고생들에게 이 테마파크는 꽤 근사한 오락 공간의 역할을 한다. 실내여서 눈비가 와도 갈 수 있고, 도심 강변에 떡하니 버티고 있으니 멀지 않아서 좋다고들 이야기한다. 높은 천장과 은은한 조명, 빛나는 스케이트장, 화려한 장식과 시끄러운 음악이 혼을 빼놓는다. 다리 건너 실외 파크로 나가 석촌호수 주변을 산책하거나 오리배를 타는 것도 나쁘지 않다. 롯데그룹이 잠실에 한국의 디즈니랜드를 만든 것은 올림픽 개최 이후 늘어난 외국인 관광객을 상대하고 내국인들의 일상적 소비를 겨냥하기 위한 것이었으리라. 환상 열차에 탑승하기 위해서 우리는 주머니를 털어 거대한 유통망의 계략에 자진해서 빠져들고는 한다. 돌무더기(석촌)들을 갈아엎고 꿈의 공간을 만들었으니 성공적이었다 할 만하다.

지금은 없는, 보잘것없는 강변의 뽕밭을 상상해본다. 누에가 자라는 방이었을 이곳에 황금알을 낳는 부촌과 쇼핑센터가 들어선 것. 요란한 퍼레이드 소리와 기계음과 비명이 간간이 들려오는 월드 테마파크로의 변신이라는 낙차가 우리 사회, 우리 시대의 일이다. 로테. 사랑하는 여인이라니, 이룰 수 없는 사랑이라니. 신씨 일가의 그룹명은 딱 맞게 낭만적이다. 스스로 머리에 총을 겨누지 않고 이 도시에서 끝까지 소비를 하다 죽도록 도와주는 것이 자본주의사회다. 물질과 환상의 커다란 총구는 자연사를 더 좋아한다. 늙어 죽도록 벌고 쓰라는 것이겠지! 우리에게 부여된 즐거움이라는 것은 조장된 시나리오일 뿐이라는 사실을 알고도 우리는 조금 다른 시나리오를 꿈꾸며 매번 같은 스토리에 속기를 반복하는 것인지도 모르겠다.

롯데월드가 개장된 1980년대 후반을 살았던 젊은이들은 이제 학부모가 되었다. 출근을 하기 위해서나 아이들을 위해

간혹 그곳에 가기는 하겠지만. 우리 같은 엄마들에게 그곳은 꿈의 동산이기보다는 그곳에서의 삶이 보장해주는 혜택, 가령 학군과 계층의 문제가 더 민감하게 다가오기 마련이다. 석촌호수 공원을 거닐고 있을 때였다. 말끔하게 정장을 차려입은 남녀가 팸플릿을 나누어주었다. 우리 같은 가족 단위의 외지인들은 거르고 운동복 차림의 주민들만 선별해서 나눠주는 것 같았다. 흘끔 보니 경기도 인근 전원주택 단지 광고였다. 잠실에서 가까운 가평, 청평 등지에서 전원생활을 즐기라는 것이었다. 그곳에 사는 사람만이 준비할 수 있는 노후가 있나 보다. 주중에는 도심에서 일하고 주말을 보내기 위한 별장이라는 것인가. 그런 삶의 형태를 들어본 것도 같다. 서민들이 주말마다 고속도로로 몰려나와 도심 인근에서 시간을 보내는 것처럼 좀 더 여유로운 삶의 형태를 설계할 수 있는 사람들도 있을 것이다. 주말에도 쉬지 못하고 일을 해야만 하는 사람이 있을 것이고, 일하고 싶어도 일하지 못하는 사람들도 많을 것이다. 계층화된 도시적 삶에서 인간적 가치가 무엇인가 되묻는 것이 내게 주어진 일이라서 이런 생각에 골몰하게 되는 것인지…….

○

　내가 사는 중랑천 인근에서는 창밖으로 강 너머 롯데월드
타워가 보인다. 500미터가 넘는다는 초고층 빌딩은 호텔과
식당, 쇼핑센터와 복합 주거 공간으로 이루어졌다고 한다.
롯데월드타워 안에서보다 바깥에서 그것을 실감하는 사람
이 더 많을 것이다. 보고 싶지 않아도 날마다 우뚝 솟은 그것
이 보인다. 아이러니하게도 편리하고 쾌적하고 세련된 삶을
제공해주는 것이 아니라 미세먼지 농도를 측정하는 지표가
되어준다. 가시거리가 얼마 되지 않는 날 뿌연 창밖으로 그
것은 어렴풋해졌다가 쾌청한 날씨에는 선명하게 드러난다.
눈을 감지 않고는 대체로 피하기 힘들다. 밤에는 번쩍거리
는 흉물이다. 도시의 야경은 어쩔 수 없이 아름답지만 그 아
름다움이 포함한 소외의 감정 역시 외면하기 어렵다. 기술과
자본으로부터 소외당한 나 같은 인간에게는 그렇다.

　켄 로치의 영화 「나, 다니엘 블레이크」(2016)의 주인공은
'나는 개가 아니라 인간이다'라는 메모를 남기고 심장마비로
화장실 바닥에 쓰러져 죽는다. 심장질환으로 일을 하지 못
하는 상태에서 실업급여를 부당하게 받지 못해 청구한 소송

을 앞두고 말이다. 도시의 번듯한 건물이나 휘황찬란한 불빛
이 인간다움을 보존하며 살아가려고 애쓰는 사람들의 고단
한 삶은 은폐시킨 채 너무 아름다운 것 같다는 생각이 든다.
롯데월드라는 꿈의 세계 역시 우리에게 너무 먼 희망을 애
써 외면한 채 늘 웃음과 즐거움을 주려는 듯한 모습이어서
그 앞을 지날 때마다 불편하고 애처롭게 느껴진다. 이제는
한물갔지만 번복되는 '새로운' 캐릭터와 스토리들이 우리를
꽉 물고 놓아주지 않을 것이다. 그런대로 웃으며 또 주머니
를 털리겠지만. 이해와 공감이 결여되어 있는 세계에서 악이
너무 가깝게 실행되므로 사람들은 분노하는 것이 아닐까. 도
심 마천루의 불빛과 광장의 불빛은 닮아 있지만 꽤 멀다. 거
품 속의 환상과 실재하는 열망 사이의 거리만큼 말이다.

매미 오줌 맞기

작은 불빛에도 글자가 보입니다

빛나는 일요일과 십이월이

잠과 죽음의 고유함이

태양과 빛의 어둠이

작은 불빛에 의지해 글자가 사라집니다

당신의 굳은 얼굴이

살아나는 손끝이

영원히 죽어가는 돌멩이가

작은 불빛은 이제 곧 꺼져가는 성냥개비

영원히 가시지 않는 목마름

반복되는 더위와 계속되는 추위

녹고 있는 사탕

입속에서 태어나 곧 죽고 마는

다 하지 못한 말들

길을 찾지 못한 말들

이곳에 바람이 분다는 것을 비추는 작은 불빛들

닫힌 창문을 두드리는 죽은 이들의 간절한 손목들

—「작은 불빛에도」

아파트 베란다에 설치한 실외기에 비둘기 한 쌍이 둥지를 틀었다. 10층은 비둘기 집으로 맞춤한 높이인지도 모르겠다. 암수 비둘기가 서로 번갈아 알을 품고 먹이를 구하러 다니는 것 같다. 이걸 처음 발견한 아이들은 신이 났다. 아무리 말려도 자꾸 들여다보고 먹이를 주고 싶어 한다. 새끼를 건사하는 동물들은 사람을 경계하고 겁이 나면 새끼를 해치고 도망갈 수도 있다고 일러줘도 관심을 끊기 어려운가 보다. 급기야 저희들이 먹던 식빵 가장자리를 잘게 뜯어 비둘기 앞에 슬며시 놓아준다. 조그만 컵에 물도 떠다 준다. 겁을 먹은 비둘기들이 경계의 몸짓을 보이다가도 이내 아이들이 건네준 빵 조각을 쪼아 먹는다. 아이들은 환호한다. 아파트 단지 산책길에서 만난 곤충, 벌레와 친구 하는 아이들이 사랑스럽기는 하지만 여간 귀찮은 것이 아니다. 매미나 잠자리를 잡으러 다니기도 하고 지렁이나 애벌레 같은 것을 집에 갖고 오기도 한다. 도로 풀어주기도 하지만 채집통에 상추를 넣어주며 키워보겠다고 애를 쓴다. 길고양이가 나타나면 반갑게 인사하고 고양이의 밥이 부족하면 어쩌나 걱정한다. 도심에서 맘껏 뛰어놀 시간도, 공간도 부족하지만 아이들은 돌멩이와 꽃과 나뭇가지를 좋아하고, 나무 송진이나 개미 행렬을 들여다보며 하염없이 앉아 있기도 한다. 살아 움직이는 모든 것들의 신호에 예민하게 반응한다. 흙과 먼지의 더러움에 예민한 엄마와는 아주 다르다.

o

그런 생명의 작은 신호들을 무시하며 바쁘게 살아간 지 오래되었다. 해야 할 것들이 많고 할 수 있는 것들이 적다. 열심히 살고 있지만 어쩌면 작은 것들을 세심하게 돌보는 데에는 무관심한지도 모르겠다. 편리함과 안락함에 중독되어 삶이라는 더 큰 조화를 위해 우리가 애써야 할 것들이 있다는 것을 쉽게 지나치고는 한다. 얼마 전 한 시상식에서 제인 구달을 만났다. 영국의 동물학자이자 환경운동가인 그녀는 침팬지의 어머니로 유명한 여인이다. 여든이 넘은 나이에도 불구하고 그녀는 젊었다. 그녀 안에 고요한 생명력이 충만해 보였다. 그녀가 이 세계에 대해 낙관하는 근거로 든 것은 젊은이들의 에너지, 자연의 회복력, 인간의 지능에 대한 신뢰였다. 아직도 전 세계를 돌며 실천적 운동을 벌이는 제인 구달의 삶에 대해 생각해보게 된다. 우리의 삶을 조화롭게 이끄는 많은 실천적 움직임에 대해서 말이다.

같은 날 같은 자리에 '하얀 헬멧'(시리아 민방위대)의 대표도 있었다. 하얀 헬멧은 시리아 내전에서 민간인들을 구조하기 위해 결성된 단체라고 한다. 군인이 아닌 일반인들에 의해 자발적으로 구성된 하얀 헬멧은 구조 활동 중에 수백 명의 구조원들이 희생되었지만 6만여 명의 민간인들을 구조했다고 한다. 숫자의 문제가 아니라 약자와 희생자들을 위한 그들의 숭고한 정신과 용기에 대해 새겨보아야 할 것이다. 세계 곳곳에는 여전히 분쟁 중인 지역이 많다. 인종과 종교 문제는 너무나 오래되었고, 군부독재와 극심한 가난, 성적 차별 속에서 많은 이들이 억압받고 있다. 법과 제도의 바깥에서 고통 받는 개인들의 존재에 대해 우리는 여전히 더 많이 생각해봐야 할 것 같다.

우리 사회 역시 고질적인 문제들을 떠안고 있다고 생각한다. 자본의 거대한 흐름을 타고 공고해지는 권력 구조 속에서 부정부패와 윤리 의식의 부재는 우리를 자주 침몰시켰다. 한 개인으로서 시스템의 폭력에 저항하기 어려운 것도 사실이다. 뜻하지 않은 재앙과 재난이 덮치기도 한다. 어찌하지 못하는 비극에 대한 기억이 우리를 고통스럽게 한다. 나는 기질적으로 절망과 우울에 쉽게 빠져드는 편이긴 하지만 희망의 불꽃을 일으켜야 하는 것도 우리들 자신이라고 생각한다. 자기 자신을 살게 하는 이미지를 스스로 발견하고, 우리라는 더 큰 주체를 선한 끈으로 이어줄 믿음과 실천이 중요하다는 것을 알고 있다. 우리의 일상을 잘 들여다보면서 천천히, 쉬지 않고 그러한 힘을 발견해내기 위해 두리번거리며 생명의 작은 신호들에 귀 기울여보는 것이다.

○

초등학생 아이가 직접 만든 사계절 책은 퍽 재미있다. 여름란에 '매미 오줌 맞기'라는 과제가 주어져 있었다. 매미란 놈이 한여름 시끄럽게 울어대면 더위가 증폭되어 신경이 거슬리는 법인데 아이들에게는 그렇지 않은가 보다. 나무에 매달린 매미 허물도 흥미롭고 손이 닿을 만한 높이에 매미가 매달려 있으면 얼른 가서 잡아낸다. 맨손으로도 채집망으로도 제법 잘 잡는다. 저희들끼리 소리를 들어보며 암컷 수컷을 얼른 가려내기도 한다. 제법 약삭빠른 놈은 정말 오줌을 찍 갈기며 날아가버린다. 도망치는 매미는 멀리 가지 못하고 어딘가 또 매달린다. 그렇게 매미를 따라다니며 채집통 한가득 담아 왔다가 도로 풀어준다. 비좁은 채집망 속에서 우글우글하던 것들이 한꺼번에 날아가버린다. 그런 아이들과 아파트 단지를 두어 바퀴 돌다가 시원한 그늘을 찾아 잠시 쉬기도 한다. 그러면 그 매미 오줌의 정체에 대해 생각해보게 되는 것이다.

동물들의 보호 본능이라는 것이 사실은 절실한 반응인데 인간의 눈으로 보기에는 어처구니없을 때가 있다. 제 꼬리를 자르고 가버린달지, 고개를 구덩이에 처박는달지 그런 것 말이다. 매미 오줌도 그런 것의 일종이 아닐까 한다. 몇 방울 안 되는 물을 맞으면 그것이 오줌인지, 어쩐지 몰라도 순간 잡는 것을 멈추게 된다. 제 몸속의 물을 비우고 날렵하게 날아올라 안전한 곳으로 무사히 착지하여 또다시 수액을 빨 것이다. 자신을 보호하기 위해 어느 정도 공격적인 행태를 취하는 것은 생명체가 지닌 본능이다. 개체가 스스로를 보호, 유지, 확장하려는 욕망이야말로 한 개체로서 시간을 넘어 근원적인 것을 향하려는 본능적 움직임이라고 할 수 있을 것이다.

사람들도 다르지 않다. 그런데 사람이어서 이 본능이란 것에서 벗어나기 위한 얼마간의 저항과 노력이 퍽 중요하다는 생각이 든다. 나이 들수록 본능의 영역이 강해지는 것을 안팎으로 느끼면서 더욱 그렇다. 본능이 감각의 영역이며, 타고난 능력이며, 이성에 반하는 육감이라는 점에서 중요한 것일 테지만 말이다. 스스로를 보호하기 위한 거대한 그물은 어쩐지 초라하고 빈약한 느낌을 준다. 생래적으로 타고난 능력 이상을 꿈꾸며 움직이는 사람들이야 말로 인간의 꿈과 가능성이 무엇인지를 보여주는 것 같다. 인간의 본능은 자기 자신을 지키지만 본능을 넘어서는 움직임, 실천과 희생은 스스로를 넘어서는 인간의 위대한 힘을 보여주는 것 같다. 나무 그늘 아래 매미 오줌을 맞으며 즐거운 한때를 보내는 아이들도 제 충실한 본능에 따라 자라고, 언젠가는 자신을 넘어서 사람들에게로 다가서는 빛나는 발걸음을 보여주기를 기대해본다.

2부 인용시 수록지면

◦ 이근화, 『내가 무엇을 쓴다 해도』, 창비, 2016
「작은 불빛에도」

나무·이끼·새

초록 손가락

에펠은 파리의 상징이지만 이 에펠이 지겨웠던 사람이 있었나 보다. 파리 어느 곳에서나 보이는 이 철골 귀신을 잠시라도 보지 않기 위해 늘 에펠에서 점심 식사를 했던 사람. 에펠의 한가운데에 있어야만 에펠을 보지 않을 수 있다는 것은 퍽 흥미롭다. 혐오의 대상과 멀리하는 가장 효과적인 방법이 거리를 지우는 것이라니. 에펠은 한여름 찌는 듯한 날에는 조금 늘어나고 거센 바람과 강추위에는 조금 줄어들 것이다. 기온차를 고려하여 일정한 간격을 두고 설치한다는 철길처럼 말이다. 우리가 날마다 바라보는 어떤 것도 다 같지 않을 것인데 그 흐름과 방향을 읽지 못한 채 답답해하는 내 자신에 대해 생각해본다. 얼른 어두워지기를 바라는 마음은 벽촌의 여름날이 길고 지루해서였을 것이다(이상, 「권태」). 사방이 뚫려 있으나 푸른 벌판은 막힌 것이나 다름없다. 어쩌자고 저렇게까지 똑같이 초록색 하나로 되어먹었는가, 라고 나도 묻고 싶을 때가 있다. 초록 감옥에 갇힌 채 내리쬐는 햇볕 속에서 '그'는 막다른 골목을 상상했을 것이다.

　얼마 전 새가 죽는 꿈을 꾸었다. 어리고 작은 새였다. 화장실 바닥에서 파닥거리고 있었다. 무서웠다. 서둘러 수도꼭지를 돌려 물을 흘려보냈다. 새는 흘러가지 않고 내 발밑에서 산산조각이 났다. 새에게 몹쓸 짓을 하고 새벽에 잠이 깨서 다시 잠들지 못했다. 두렵고 막막한 기분이었다. 소소한 감정싸움이 매우 하찮게 느껴졌고, 욕심 부리며 사는 것이 매우 덧없다는 생각을 하게 되었다. 그러나 곧바로 그 삶을 벗어나지 못하고 계속 끌어안을 수밖에 없다는 것을 알게 된다. 괜찮다, 어서 가라, 하는 말이 들리는 것이 삶이다. 인간다운 가치를 거스르며 엉뚱하고 잔인한 방향으로 흘러갈 때조차도 그 목소리는 멈추지 않는다.

속닥거리는 이끼

나만의 공간을 꿈꾸며 아파트 베란다 한쪽에 긴 책상을 놓고 화분 몇 개를 들여놓아 조그만 서재를 꾸몄다. 책도 읽고 차도 마실 수 있을 거라는 기대를 했다. 그러나 낮에는 볕이 너무 많이 들어 눈이 부셨고, 저녁에는 애들이 즐겨 그 공간을 놀이터 삼았다. 밤에는 종종 남편의 휴식 공간이 되었다. 가족들이 모두 좋아하는 바람에 나만의 비밀 공간은 사라졌다. 베란다 창밖으로 줄지어 늘어선 자동차, 물비린내가 올라오는 개천, 종일 뿌연 하늘이 보이니 한가롭게 휴식을 취하거나 공상에 빠져들기 어렵기도 하고 말이다.

어린 시절 살았던 마당 있는 집은 지금도 눈에 선하다. 붉은 벽돌로 지어진 다세대주택으로 이사 가기 전까지 그 마당 집에서 살았다. 진초록 대문 옆에는 시멘트로 네모반듯하게 만든 쓰레기장이 있었고 마당에 들어서기 전 하늘색 나무 문을 열면 공동으로 쓰는 재래식 변소가 있었다. 마당을 가운데 두고 서너 세대가 한집에 살았다. 마당 한쪽 수돗가를 나눠 쓰며 등목을 하고 빨래를 하고. 옥상에는 크고 작은 항아리가 늘어서 있었고 항아리 사이에는 참새나 고양이가 숨어 있어서 화들짝 놀라기도 했던 것 같다. 앞마당과 뒷마당은 길고 좁은 통로 같은 것으로 연결되었다. 두어 사람이 함께 지나갈 수 있을 정도로 좁았는데 어째선지 어둡고 습했다. 한쪽 담벼락은 화강암과 흙으로 대충 발라져 있었는데 사이사이 이끼가 끼고 물이 곧 배어 나올 것처럼 그랬다. 교과서에서 배우기 전에 거기서 우산이끼 솔이끼를 보았다. 속닥거리는 입처럼 예쁘고 앙증맞은 것들이었다. 폭신한 이끼들이 덮인 곳에 쥐며느리 지네 등속의 벌레들이 참 많았다. 여름이면 시원하고 겨울이면 따뜻한 곳이었다. 나는 야쿠르트병에 빨대를 꽂아 물고 그 통로에 앉아 있기를 좋아했다. 아침저녁을 제외하고는 지나다니는 사람도 별로 없었다. 그러니까 뭐랄까 다락방처럼 나만의 숲이랄까, 비밀 아지트랄까 그런 기분을 들게 했던 것 같다. 공상이 가능했던 조용하고 한적한 통로. 지금은 더 이상 그곳에 갈 수가 없다. 이웃들이 모두 문을 열고 너나없이 어울려 지냈지만 비밀스러운 공간들도 많았다. 지금은 그 반대이다. 모두가 문은 닫아걸고 갇혀 지내지만 개인성이 보장되는 공간은 별로 없는 것 같다. 적나라하고 노골적인 삶인데 아무도 부끄러운 줄 모르는 것 같다. 은폐와 폭로의 쾌감은 알면서 말이다.

두려운 새

우리 집 딸아이들은 새를 무척 좋아한다. 새를 키워보겠노라고 선언해서 말리느라 애를 먹었다. 울며불며 도화지 가득 새를 그려놓고 퉁퉁 부은 눈으로 잠들기도 하였다. 10층 베란다 밖을 가로지르며 순식간에 날아가는 새들을 보는 날에는 뭔가 행운을 만난 것처럼 "봤어, 엄마 봤어?" 하며 호들갑이다. 친구들이 놀이터에 병아리라도 들고 나오면 난리가 난다. 그것 한번 만져보자고 넋 놓고 앉아 자기 순서를 기다린다.

뾰족하고 징그럽고 더럽고 냄새나는 새. 나는 그것들이 참 별로다. 토사물을 쪼아 먹거나 발톱이 부러져 나간 비둘기들은 흔하고 사람들을 꺼리지 않고 달려든다. 아무거나 쪼아먹어대서 날지 못할 정도로 비대해진 비둘기들도 너무 많이 보았다. 여고 시절을 지내며 그 비둘기들을 바라보는 일은 어쩐지 고문이었다. 멀리 날아가지 않고 고개를 까딱거리며 쉬지 않고 두리번거리며 맴돌던 비둘기는 평화나 자유의 상징이 아니라 영혼까지 족쇄가 채워진 것처럼 느껴졌다.

어린 시절 오빠들이 학교 앞에서 천 원에 예닐곱 마리씩

사 오던 병아리들은 마당에 풀어놓고 노란 모이를 흩뿌려주면 제법 잘 컸다. 힘을 못 쓰고 금세 죽어 나가는 몇 마리를 빼놓고는 점점 커져 노란 깃털이 흰색으로 변하고 사납고 시끄러워졌다. 종종 어른들의 발에 밟혀 죽거나 문틈에 끼어 죽기도 하였다. 도둑고양이가 물어 가기도 하였다. 병에 걸려 죽거나 사고로 죽거나 해도 한두 마리는 꼭 살아남아 정말 중닭만큼 커졌다. 무섭고 싫었다. 어쩔 수 없이 그걸 잡아먹어야 해서 더 끔찍했다. 솥에 부글부글 끓여 나오는 것은 얼마 전까지 마당을 계통 없이 날뛰던 그놈이다. 밥맛이 뚝 떨어지고 기분이 엉망이 되는 저녁이다. 흰밥만 간신히 몇 숟갈 뜨고 얼른 이불 속에 숨어들고는 했다. 고흥 외가에서도 목이 꺾인 채 대가리를 덜렁거리며 마당을 펄쩍펄쩍 날뛰던 장닭을 본 적이 있다. 미물들은 하찮게 꺾이고도 그 목숨이란 얼마나 질긴 것인지. 인간 세상에도 힘의 논리가 있고 먹고사는 일 이상으로 비대해지고 잔인하게 행사되는 것이 요즘의 사정인 것 같다. 본능과 관습과 문화를 이기는 경제 논리가 점점 강화되니 정말 두려운 것은 거기에 있는 것인지도 모르겠다.

큰아이가 물고기가 그려진 옷을 입고 등교를 하면서 전날 저녁으로 먹었던 가자미조림을 떠올리며 그것이 무척 맛있었다고 했다. 자기 옷을 보면 그 생선 반찬이 자꾸 떠오른다고. 그러고는 조그만 입으로 "어제를 기억하는 자에게만이 내일은 희망이다"라며 사은품 컵에 새겨진 어느 소설가의 말을 중얼거렸다. 딸아이의 엉뚱한 말에 한참 웃다가 슬며시 눈물이 났다. 앎만이 삶을 이끌어 가는 것 같지는 않다. 무의식중에 새겨진 말과 사물들을 복기하는 것은 삶을 이끌어 가는 작은 힘이 되는 것 같다. 내가 잊고 지냈던 것들을 오늘 다시 되살려본다. 내게 나만의 호흡을 주었던 시공간과 사물들을 말이다. 한여름 여기저기서 매미가 시끄럽게 울기 시작하면 매우 신경에 거슬리지만 쟁쟁거리며 우는 소리가 그치지 않고 계속되면 더위와 소란이 간혹 적막하게 느껴지기도 한다. 어떤 종류의 가로막힘은 그 안에 자유의 뿌리를 자라게 하는지도 모른다. 충분히 갇혀 있을 때만 열리는 이상한 문이라고 해야 할까. 그 문을 열고 들어서면 늘 보던 것들이 비밀스러운 목소리로 새로운 말을 건넨다. 다른 목소리에 귀 기울이는 연습이 필요한 때인 것 같다.

시라는 절벽,
산문이라는 언덕

여행이라는 몹쓸 짓

바캉스 쪽박

박사니 풍선이니 하는 중저가 여행사들을 종종 이용한다. 여행사 사이트 장바구니에는 떠나지 못한 여행 상품들이 가득하다. 올해도 7, 8월 휴가철이 다가오자 검색이 시작되었다. 아이들의 방학 기간 동안 집에서만 시간을 보내는 것이 쉽지 않은 까닭이다. 그러나 어린아이를 넷이나 데리고 떠날 만한 여행 상품이 별로 없었다. 아이들이 아직 어렸고 부부 둘이 데리고 다니기에 손이 모자랐다. 여행 코스와 숙박, 이동 경로 등을 살펴보다가 포기하는 마음이 되었다. 리조트,

풀 패키지, 워터파크, 조망권, 오후 리턴, 조식 뷔페 등의 말들이 멀미를 일으켰다.

시골 할머니에게 가고 싶다는 애들 말에 따라 시댁과 휴양지를 연계하여 일주일을 떠나 있었다. 아주 피곤하고 골치가 아팠다. 남이 차려주는 아침밥을 먹기 위해, 남의 손에 애들을 좀 덜어내기 위해, 숲속과 해변에서 아이들을 뛰어놀리기 위해 캐리어 두세 개를 끌고 다니는 번거로움을 감당해야 하다니. 몇 번 쓰지도 않을 물건들을, 잘 어울리지 않는 스타일의 옷들을 사서 기분을 내야 하다니. 남이 쓰던 욕조에 몸을 담그고 남이 덮던 이불을 덮고 자면서 비싼 돈을 지불해야 하다니. 집 밖에 나오면 이것저것 부족한 것이 많아 이것저것 또 사게 된다. 애들은 보는 것마다 다 사달라고 졸라대기도 한다(지금 이 글은 집 앞 카페에서 쓰고 있는데 늦더위와 마감 때문에 왔다. 등 뒤에 앉은 아저씨들의 수다가 시끄럽다. 휴가비를 30만 원 초과해서 아내와 밤새 다퉜다는 남자의 불만스러운 목소리가 쩌렁쩌렁 울렸다).

국내 경기침체에 대한 우려가 계속되는 가운데 내수 활성화를 위해 이런저런 말들이 많이 만들어지는 것 같다. 얼마 전에 봤던 문구는 이런 것이었다. 당신이 할 수 있는 가장 쉬운 애국은 국내 여행입니다. 여행비는커녕 일자리와 생활비 마련도 어려운 사람이 많은 판국에. 어렵게 방학 기간을 때 웠는데 또 휴일이란다. 하루 더 쉰다고 경제가 살아날까도 싶다. 가까운 문화센터의 프로그램을 찾아보며 휴일을 맞이 한다. 올여름, 휴가와 휴일에 치여 내가 먼저 죽겠다.

달력 그림 같은 풍경

영국은 길고도 서로 다른 나라였다. 잉글랜드에서 스코틀 랜드행 버스에 오른 적이 있다. 도심을 벗어나자 창밖으로 달력 그림 같은 풍경이 펼쳐졌다. 드넓은 초원과 흰 양 떼들, 끝없이 펼쳐진 해바라기밭과 드문드문 농가들이 보였다. 오 래가지 못했다. 아름다운 풍경도 계속되니까 지루해졌고 눈 꺼풀이 무거워졌다. 곧 잠이 들었다. 어느새 땅거미가 지고 별이 뜨기 시작했다. 하나둘 뜨기 시작한 별들이 깊은 밤이 되자 쏟아질듯 빽빽하게 밤하늘에 매달렸다. 비좁고 냄새나 는 야간버스 안에서 보는 별들이 퍽 낯설게 느껴졌다. 에든 버러에 도착하자 체크무늬 치마를 입은 남자들이 관광객들 을 위해 시끄럽게 백파이프를 불어댔다. 고성과 교회와 박물관을 돌아다녔다. 런던보다는 조용하고 한적하였다. 공원 벤치에 앉아 지루한 오후를 보냈다. 지금 같았으면 위스키를 사 마시고 축구 경기를 보러 갔을 텐데. 1995년 여름이었고 난생처음 떠난 배낭여행이었다. 영어도 프랑스어도 독어도 다 비슷비슷하게 들렸다.

가도 가도 어둠뿐인 길을 호주에서도 만난 적이 있다. 해변의 관광도시들이 지루해져 내륙으로 좀 들어가보기로 했다. 캔버라에서 앨리스 스프링스로 가는 길은 멀고 사람을 지치게 만들었다. 끝없이 펼쳐진 붉은 길들이 무서웠다. 네댓 시간을 달리면 조그만 휴게소에 잠깐 들르는데 탄산수를 마시며 울었다. 너무 지겨워서. 입에서 단내가 폭폭 피어올랐다. 말을 좀 하고 싶었지만 아무도 없었고, 익숙한 언어도 아니었다. 나는 죽어도 대륙 횡단 열차 같은 것은 타지 못할 것이다. 버스 운전기사의 뚱뚱한 엉덩이가 걱정이 되었다. 붉은 사막의 도시에 가서도 별것이 없었다. 거대한 바위 언덕들은 이미 관광엽서나 여행안내 책자에서 보던 그대로였다. 너무 더워서 해가 떠 있는 내내 숙소에 머물 수밖에 없었다. 더 이상 잠도 오지 않았다. 늦은 오후가 돼서야 상점들이 문을 열었고 관광이 시작되었다. 조그만 도시가 흥성거리고 일몰을 보러 벤들이 출발하였다. 샴페인을 홀짝거리며 뭐라 뭐라 떠들어대는 사람들 사이에서 또 울고 말았다. 정말이지 이건 체질에 맞지 않는 여행이었다. 자발적으로 떠났지만 쫓겨 온 사람처럼 마음이 다급했다. 내 나라의 조그만 언덕과 짙푸른 초록이 그리웠다. 서늘한 바람과 소나무 그늘도, 냇가의 조약돌도 보고 싶어졌다. 체질이 쉽게 바뀔 리가 없다. 1997년 여름이었다. 어학연수가 붐이던 시절 부모님께 공부하러 간다고 거짓말하고 떠난 여행이었다. 때마침 IMF 사태가 터져 환율이 엉망이었고 쉰내 나는 식빵을 입에 물고 서너 달씩 헤매 다니다 지쳐 돌아왔다. 집에 돌아와 총각김치를 베물다 또 울었다. 여행 내내 집에 전화 한 통 없던 딸이 울자 부모님이 놀라셨다. 얘가 왜 이래?

북경 고구마 사발면 여행

이제는 내 나라를 벗어난 삶을 생각하기 어렵다. 성급하고 후진적이고 미진한 대한민국을 미워하고 또 사랑한다. 20대 초반 잠깐 다른 삶을 생각한 적이 있기는 하다. 이국의 도시로 날아갔다. 일단 날아가고 봤다. 아무런 준비 없이 북경공항에 내렸을 때 시끄럽고 복잡하고 매캐했다. 북새통 공항을 어찌어찌 빠져나왔는데 회색 도시에 칼바람이 불었다. 택시를 타고 호텔로 갔다. 추웠다. 히터도 텔레비전도 잘 나오지 않는 호텔 방에서 3박 4일을 떨다가 서울로 다시 돌아왔다. 만리장성도 천안문광장도 자금성도 가지 않았다. 오로지 호텔 방에 틀어박혀 내게 주어진 앞으로의 삶에 대해 생각했다. 호텔 식사도 지루해져 사발면과 고구마로 끼니를 때우며 열심히 생각했지만 불가능했다(북경에서 먹었던 사발면은 서울에서 먹던 것보다 느끼하고 기름졌다. 북경에서 먹었던 고구마는 서울에서 먹던 것보다 퍼석하고 심심했다. 그런 라면과 고구마를 먹고 살기에는 곤란했다). 그래서 간단히 마음을 접고 돌아왔다. 2000년 겨울 북경을 갔지만 그건 전혀 여행이 아니었다. 아무것도 보지도 듣지도 못했다. 그때 나는 공항에서 두려움에 떨고 있는 촌스러운 계집애였을 뿐이다. 웅얼웅얼 중국어를 잘도 하던 옛 애인의 음성이 생각난다. 지금도 가끔씩 벽을 물끄러미 바라보고 있을까. "버스를 타고 나간 사람을 정류장에서 기다리듯 하늘로 나간 당신의 말들은 하늘을 보며 기다려야 한다 당신과 잠시 만난 공중空中을 눈에 단단히 넣어두고 나는 눈을 감는다"(박준, 「연」)

다락방에 내리는 눈

여행을 생각하면 나는 늘 다락방이 떠오른다. 어두컴컴하고 추운 다락방에서 세계의 이치를 꿰뚫었다는 어느 철학자는 평생 자신이 태어난 마을을 단 한 번도 벗어난 적이 없다고 했다. 많이 보고 들어서 알게 되는 것은 아니다. 많이 안다고 현명하게 잘 사는 것도 아니다. 내밀한 앎은 감각을 초월하는 것인지도 모르겠다. 삶의 한가운데 불안과 공포를 이기는 방법을 아무도 가르쳐주지 않는다. "눈을 뜨면 아침이 오고/겨울을 생각하면 겨울이 온다//그리고 너도 온다/경쾌한 맨발의 여로를 따라/다들 이곳으로 온다/모여서 혼자가 된다/구부정한 자세로 바닥을 응시하게 된다/이곳은 준비가 되었어"(노춘기, 「다락방에 내리는 눈」) 내 삶을 이끄는 것은 생각과 기다림인지도 모르겠다. 기우뚱한 풍경 속으로 구부정한 자세로 걸어 들어가는 이들의 뒷모습 속에서 나를 발견한다. 잠깐씩 사라졌다가 다시 되돌아오는 이곳에 대한 애정을 끊지 못하고.

집 앞에 중앙선이 다닌다. 천변 옆의 조그만 역에는 출구가 하나다. 가끔 집을 찾아오는 사람들이 몇 번 출구로 나가야 하냐고 묻는다. 나는 그게 늘 재밌어서 어디로 나와도 다 하나로 통해, 대답한다. 이상한 대답이고 사람들은 잘 알아듣지 못한다. 그것에 비하면 아파트는 무시무시하다. 표정이 다 비슷하고 출입구가 모두 닮아 있다. 길을 잘못 들면 걸음을 허비하며 헤매야 한다. 몇 동 몇 호 숫자를 잊으면 코앞에서도 쩔쩔매게 된다. 문 앞에 다다르면 어떤가. 남의 집이야 초인종을 누르면 되고, 내 집의 긴 비밀번호를 습관적으로 누르지만 언젠가 이 번호가 생각이 나지 않을지도 모를 일이다. 좀 더 단순하고 소박한 삶을 꿈꾼다. 그 꿈은 꿈으로 끝날 것이다. 주민 번호와 비밀번호와 예약 번호 속에서 나는 늙어갈 것이다. 그리고 장례식장 몇 호에 누워 있게 되겠지. 발이 다 식은 채로. 더 이상 길을 떠나지 않아도 좋을 것이다.

여행이란 다른 소리에 귀를 열어놓는 일

나는 귀가 작고 귓구멍이 좁다. 그래서일까. 남의 말을 잘 안 듣고 못 듣기도 한다. 내가 고집이 센 것은 귀가 작아서인지도 모르겠다. 귀가 크고 둥글고 시원스러운 사람을 보면 정말이지 부럽다. 내 작은 귀로는 그들의 능력과 영광과 부귀를 따라가지 못할 것 같다. 여행이란 다른 소리에 귀를 열어놓는 일인지도 모른다. 여행의 즐거움 혹은 괴로움이 귀를 통해 전달되기 때문이다. 낮은 발소리와 웅성거림, 낯선 언어와 음성들, 시끄러운 음악들, 미술관이나 박물관의 이상한 고요, 광장과 카페의 부산함 같은 것들은 풍경 이전의 소리이고 그런 소리들을 쫓아서 발길을 옮기게 된다. 나와 함께 어떤 소리를 들으러 떠나겠어요? 이렇게 청해주는 사람이 있었으면 좋겠다. 조그만 가방을 들고 따라나설 것이다.

관념과 텍스트가 실제 풍경보다 더 아름답다

나는 여행을 하면서 글을 쓰지 않는다. 생활공간이 아니면 낯선 곳에서는 글을 쓰지 못한다. 내가 다니던 길, 내가 먹던 음식, 내가 지내는 방이 아니면 글쓰기가 퍽 어렵다. 그런 까닭에 여행 시를 한 편도 쓰지 못했다. 일기도 메모도 남기지 않는다. 여행 사이트를 뒤지며 떠나지도 못할 여행 계획을 세우거나 여행 책자를 들춰 보는 것이 취미이지만 누군가의 여행기를 읽는 것은 퍽 지루하다. 반은 사기이고 반은 협박처럼 느껴진다. 내게 여행은 글쓰기와 먼 것 같다. 글을 쓰는 것 자체가 떠나고 돌아오는 일과 닮아서 더 그런 것 같기도 하다.

카페에서 글을 쓰는 작가들을 몇몇 알고 있다. 적당한 소음이 보호막이 되어주고 집중력을 높인다고 말했다. 너무 조용한 곳은 오히려 작업에 방해가 된다고도 했다. 글이 잘 써지지 않으면 터미널이나 공항에 나가 앉아 있어본다는 작가의 이야기를 어디선가 읽은 적도 있다. 떠나거나 되돌아오는 사람들의 표정과 다양한 차림새가 창작 의욕을 불러일으키는 것일까. 글을 쓰기 전에 몇 시간씩 산책을 하며 뭔가를 적극적으로 잊어버리는 것이 필요한 순간들이 있다. 저마다 선호하는 글쓰기 시간과 공간이 있겠지만 또 어떤 시공간들은 사람살이의 모습을 여실히 드러내며 내면을 파고드는 것 같다. 한적한 골목길이나 어시장 같은 곳들을 돌아다니다 보면 하고 싶은 말들이 생긴다. 그곳에서 나와 다른 사람들의 거리는 한없이 가까워지다가 멀어진다. 이 거리에 대한 체감과 조율이 글쓰기의 출발이 되는 것 같다.

여행을 하다 보면 예술가나 위인들의 생가나 기념관 등에 들르게 된다. 정지용의 고향 옥천에 다녀온 적이 있다. 시인의 생가가 깔끔하게 조성되어 있었다. 시골집과 마을을 둘러보며 그의 작품의 배경이 되었을 개천과 들판을 눈으로 더듬어보았으나 작품 속의 고향이 훨씬 더 아름답고 그럴듯하게 느껴졌다. 그가 유학 시절을 보냈다는 교토도 마찬가지였다. 옛 거리의 모습을 복원시켜놓고 상점 안팎으로 기모노를 입은 여성들이 짧은 걸음을 하며 연신 웃고 있었다. 정지용이 고향을 그리워하며 앉아 있었을 압천 냇가나 동포들을 만나 반가움을 느꼈을 거리를 잘 알아볼 수 없는 것은 당연한 일이다. 풍경보다 아름다운 것이 작품이고, 작품으로 인해 바로 그 공간이 의미 있어진다는 것을 어렵지 않게 알 수 있다. 시는 풍경에 흐르는 음악을 자신만의 개성적인 귀로 듣고 옮기는 작업이 아닐까. 그래서 시는 풍경에 대한 개인의 번역이라 할 수 있을 것 같다.

풍경은 볼 수 있지만 풍속은 따라 할 수가 없다. 답사나 체험 같은 여행 프로그램이 있지만 그것은 연출이지 생활이 아니다. 누군가의 삶 한가운데로 쉽게 들어갈 수는 없는 것 같다. 오지 체험을 다룬 예능 프로그램을 보면 눈살이 찌푸려지는데 어떤 폭력성 같은 것이 느껴지기 때문이다. 낯선 일회적 경험을 위해 돈을 지불하고 감정을 사는 일, 그 안에

존재하는 보수성이야말로 여행이 숨기고 있는 폭력이라 할
수 있을 것 같다.

날마다 여행을 떠나는 남자

아파트 단지 내 반맹인 남자가 산다. 원래부터 눈이 먼 것
처럼 보이지는 않는다. 병인지 사고인지 알 수 없지만 지팡
이에 의존해서 마트도 가고 산책도 하는 것 같다. 아주 안 보
이는 것 같지 않지만 종종 턱에 걸려 넘어질 것처럼 휘청거
린다. 눈먼 사람의 입장에서 보니 길이 고르지 않고 언덕이
있고 우회가 있는 것에 여간 마음이 쓰이지 않는다. 아슬아
슬한 마음으로 최대한 무심하게 그의 곁을 지나간다. 비닐봉
지에 달랑거리며 들고 오는 것이 무엇인지 궁금해진다. 그는
무슨 절실한 품목이 있어서 지팡이를 들고 길을 나섰던 것
일까.

불가능한 여행

남편과 일본 여행을 즐겨 다녔다. 지중해 연안 도시들을

오래 헤매 다니기도 했다. 여행의 즐거움은 삶의 지루함과도 닮아 있는 것 같았다. 오래전 일들이다. 주말 오전 친정엄마는 목적지 없이 3호선 지축행 열차를 탔다가 서둘러 되돌아오셨다. 와서는 아이들을 차례대로 안아주었다. 뜻밖의 방문에 엄마의 이상한 여행은 갑작스럽게 끝난 셈이다. 탑골공원 벤치의 노인들처럼 지하철 안에도 목적지 없이 앉아 있는 노년이 있다는 것은 내게 놀라움과 서글픔을 안겨주었다. 여행을 떠난다는 말에서 낭만성이 휘발되고 생을 정리해가야 하는 순간들에 도달해 있는 것이 인생이란 말인가. 남은 생은 길지 않은데 하루하루는 무료한 것이 노년이라면 인생을 여행에 비유하는 것은 퍽 가혹한 것 같다.

프랑스 남부에서 이베리아반도로 넘어가는 여행을 구상한 지 오래되었다. 나는 아직 떠나지 못하고 있다. 나이 드니 떠나는 것도 여의치 않다. 아이들이 어려서, 부모님이 늙고 아파서, 먹고살아야 해서 그렇다. 떠나지 않는다는 것은 살 만하다는 뜻도 되고, 아예 삶이 아닌 것이기도 하다. 줄곧 난 여행을 좋아한다고 믿고 살았다. 지금에 와서야 다시 생각해보니 난 여행을 좋아했던 것이 아니다. 대부분 도망에 가까웠다. 여행이란 불가능한 것인지도 모르겠다. 요즘은 사는 것이 심부름하는 기분이 들고 처절하다. 곧 시가 쓰여질 모양이다. "또 판다. 그만 파라는 명령이 들린다. 그래서 더 판다. 물 흐르는 소리 또렷할수록 우리는 명령에 근접하는가. 아니다. 살 썩는 냄새가 난다. 명령은 들리지 않는다. 삽 소리 들리지 않는다. 멈춘다. 멈추지 않는 소리가 들린다. 숨을 파내려는 듯 깊어지는 나로부터 굴이"(송승언, 「심부름」)

나의 밀가루 여행

내가 죽으면 썩지도 않을 거야

프랑스 아이로 태어나지도 못할 거야

고소한 빵 냄새를 풍기며 차가운 땅속에 누워 있다면

개미나 두더지가 찾아오겠지

커다란 눈을 내어주지 내 코는 달콤해

머릿속에는 설탕이 두 컵 고여 있다

설탕물이 흐른다면 한 사람이 생각나고

또 한 사람이 미워지겠지

밀가루를 탐험하느라 나는 내 인생을 허비하고야 말았지만!

—「나의 밀가루 여행」에서

여긴 시골이야?

나는 제과의 명장도 아니면서 '스위트 로드'를 따라 떠나는 달콤한 상상을 해본다. 100년씩 이어져 내려오는 전통 과자점을 찾아 길을 떠난 사람의 입맛을 부러워한다. 오랜 시행착오와 정성이 달콤하게 녹아들어 있을 과자나 빵을 베어 물면 시간의 수수께끼가 풀릴 것도 같다. 거기에는 밀가루 이상의 것이 들어 있을지도 모르겠다. 나도 가끔씩은 유명한 빵집을 찾아 나서고는 한다. 유명세가 어디서 비롯된 것인지 빵 맛을 가늠하며 즐거워하기도 한다. 애써 찾아가지 않아도 길거리 어디서나 빵가게를 쉽게 찾을 수 있고, 백화점 지하에 가면 세계 각국의 대표 빵들을 맛볼 수 있다. 재료와 요리 과정에 대한 이해 없이 오로지 혀끝의 감각에만 매달리는 것은 어쩐지 좀 천박한 것이 아닌가라는 생각도 해본다. 맛을 탐색하는 것이 공허하고 부질없는 일처럼 느껴지기도 한다. 입맛만큼 주관적이고 변덕스러운 것이 또 있을까. 어쨌든 나는 빵을 퍽이나 즐겨 먹고 애써 찾아 먹기도 하는 편이다.

빵을 먹는 것은 추억을 먹는 일인지도 모르겠다. 주말 오

후 집에서 가까운 장충동 빵집에 앉아 있으면 중장년층들이
단팥빵과 모나카를 먹기 위해 북적거린다. 고풍스럽다 못해
이제는 희귀한 느낌을 주는 이 빵집에 들어서면 마치 시간
여행을 떠나온 것 같다. 옛날 영화 속에 들어와 있는 기분이
랄까. 아이들에게 크림빵과 아이스크림을 물리고 앉아 있었
는데 큰애가 갑자기 뜬금없는 질문을 던진다. 엄마 여긴 시
골이야? 아무래도 그런 것 같은데? 도심의 세련된 베이커리
에서는 요즘 식사 대용으로 먹을 수 있는 유럽의 시골 빵이
유행이란다. 유기농 밀가루와 천연 발효종을 사용하여 천천
히 발효시키는 탕종법으로 만들거나, 냉동시키지 않은 생지
로 만든 빵을 찾아 먹는 사람들의 사치스러운 입맛과 유행
에 따라 '빵'은 이제 '빵 이상의 것'으로 진화하고 있는 것 같
다. 화장품이나 옷, 계절과일이나 기호식품 같은 저가 품목
에 큰돈을 쓰는 것이 날품팔이 서민들의 분풀이식 경제생활
이라는 진단을 뉴스에서 보고는 입맛이 씁쓸했다. 사실 빵을
사느라 내 주머니도 꽤 털렸다. 나는 빵에 대해 어쩌지 못하
는 환상 같은 것을 갖고 있다. 파티시에나 블랑제를 직접 만
나본 적도 없는데 그들의 손과 머릿속이 궁금해지고는 한다.
빵을 굽는 일은 어쩐지 마법처럼 느껴진다. 척박한 땅에서

자라는 밀을 짓찧어 누가 제일 먼저 화덕에 넣어 부풀렸을까. 빵이 아니라 빵이 부푸는 시간을 맛보고 싶은 날에 나도 밀가루를 주물럭거려보지만 그게 잘되지 않는다. 집에서 구운 빵은 찐득거리거나 딱딱해지기 쉽다.

그러고 보니 어린 시절 빵을 구웠던 것이 생각난다. 달걀 흰자로 거품을 내어 우유와 밀가루와 설탕을 섞어 넣고 전기오븐에 쪄내면 표면은 다갈색이고 속은 촉촉하고 노란 가정식 카스텔라가 완성된다. 비결은 달걀흰자를 균일하게 계속 저어 그릇에서 떨어지지 않을 정도로 찰진 거품을 만들어내는 일. 걸쭉한 흰자에 공기를 넣는 것이다. 그러고 보니 빵이라는 것은 그 안에 공기를 어떻게 불어넣느냐에 따라 다양한 종류의 것이 만들어지는 것 같다. 빵도 어떤 표정을 갖고 있는 것이 아닐까.

밀가루는 다정한 것
밀가루는 아름다운 것
밀가루는 착한 것
달콤한 멜로디가 흐르는 오븐 속에
손을 넣어보고 싶지만

침대와 같이

겨울과 같이

카스텔라는 조금씩 사라진다

부드럽고 무력하게

우리의 삶이 백색의 가루가 될 때까지

우리의 이가 검은건반이 될 때까지

—「고방 카스텔라」에서

과자로 만든 집

소꿉친구는 아주 어려서 아버지를 잃었고 중학생이 되기 전에 어머니까지 돌아가셨다. 친구의 엄마는 죽기 전까지 빵집을 운영했다. 요즘처럼 프랜차이즈가 많지 않았던 시절에 꽤 고급 빵집이었다. 그 집에 놀러 가면 유통기한을 막 넘긴 크림빵이나 소보로 같은 걸 먹을 수 있었다. 굳은 식빵은 잘 갈아서 빵가루로 만들어두었다. 그 집에서는 항상 고소한 냄새가 났던 것 같다. 아버지가 살아 있을 당시 3남매에게 선물했던 이국의 기념품과 털이 복슬복슬한 개가 있어서 그 집은 헨젤과 그레텔의 과자 집처럼 아름다웠다. 반짝거리는 손거울, 딩동거리는 오르골, 커다랗고 새까만 피아노, 자동 연필깎이 같은 것을 훔쳐보며 조금 주눅이 들기도 하였다. 식사 전에 꼭 하나님께 기도를 올리는, 넉넉하고 고상한 분위기를 꽤 부러워했던 것 같기도 하다. 날마다 근검절약과 저축을 강조하는 우리 집 분위기와는 영 달랐다. 그러니까 내가 평생 빵 따위를 물고 불평불만을 늘어놓으며 살게 된 데에는 그만한 사연과 내력이 있는 것이다. 그 집 '빵'에 대한 내 동경의 마음을 읽으셨는지 엄마도 동네 빵집에서 빵을 사다가 쌀통 위 바구니에 올려두셨다. 오후의 허기를 달래기에 빵만 한 것이 있을까. 오늘은 어떤 빵일까. 바구니 속의 빵들을 하나씩 꺼내 먹는 재미가 있었으니 빵에 대한 환상이나 목마름 같은 것이 자리 잡은 것은 그 때문인지도 모르겠다. 그러나 나도 모르는 사이 두려움 같은 것이 일기도 했던 것 같다. 어느 겨울 친구는 교통사고가 나서 한쪽 눈을 잃었고 팔이 으스러졌다. 반대 차선의 트럭이 눈길에 미끄러져 친구가 탄 차를 덮쳤다고 했다. 그 집의 불운은 빵가루처럼 잘 털리지 않는 것이었다.

제과점 총각

시장 삼거리 모퉁이에 빵집이 있었다. 가족들의 생일을 손
꼽아 기다렸던 것은 그 집의 버터크림 케이크 때문이었다.
유년의 혀를 매혹시켰던 그 집을 지금은 찾아볼 수 없다. 지
금이야 걸어서 수백 미터를 가기 전에 만나는 것이 각종 프
랜차이즈 빵집이지만 그 당시에는 동네에 한 개씩 맛나당,
제일제과 하는 식의 동네 빵집들이 있었다(동네 빵집에 설
탕과 밀가루를 팔아서 돈을 번 기업들이 프랜차이즈 빵집을 만
들어 동네 군소 빵집을 흡수 통합시킨 것이 괘씸해서 웬만해선
그런 빵집들은 피해 다닌다. 전국 방방곡곡 균일한 빵을 유통시
키느라 빵 맛을 어떡해서든 두들겨 폈는지 맛도 모양도 형편없
다. 빵 말고도 우리 삶은 대부분 그런 것 같다. 시장경제에서 살
아남기 위해 유통 과정을 장악하라는 것. 작다는 것, 느리다는
것, 소박하다는 것은 죄다). 유리창 너머 둥글고 납작하고 반
질반질한 빵들은 보기만 해도 기분 좋은 것들이었다. 멀리까
지 고소한 냄새를 풍기며 사람들을 유혹하는 것. 그 빵집을
지키던 총각이 생각난다. 빵집 주인아주머니는 가끔씩만 가
게에 들렀고 대개는 총각이 빵을 팔았다. 마르고 키가 크고,

허여멀건 얼굴에 말이 없었는데 빵을 사러 가면 어쩐지 쑥스러운 기분이 들게 만들었다. 주인 몰래 도넛 같은 것을 하나씩 끼워주면 내 얼굴이 확 달아올랐다. 삼촌들을 좋아했던 것처럼 빵집 총각을 흠모했는지도 모르겠다. 내가 좋아했던 게 빵이었는지 빵집 총각이었는지 확신할 수 없다.

엄마는 날 가졌을 때 입덧을 가라앉히기 위해 카스텔라를 먹으며 차가운 우유를 마셨다고 한다. 아침마다 아버지가 카스텔라를 커다란 봉다리 가득 사다 놓고 나가셨다고 한다. 보드랍고 달콤하고 촉촉한 빵이 내가 된 것일까. 종종 입맛이 없는 엄마를 위해 친정에 갈 때 커다랗고 길쭉한 카스텔라를 사 간다. 배가 불룩한 젊은 엄마를 생각하면서 말이다. 언젠가 나가사키로 엄마와 함께 여행을 떠날 수 있다면 좋겠다. 작은 탁자에 앉아 여러 가지 맛의 카스텔라를 쪼개 먹고 싶다. 쌉싸래한 차 한 잔이 있다면 더욱 좋을 것이다. 나가사키 카스텔라는 설탕 대신 물엿을 사용하여 저온으로 오래 굽는다고 한다. 굽는 중에도 여러 번 반죽을 꺼내 휘저어 공기를 빼낸다고 한다. 이 정성 어린 네모에 담긴 고운 입자들이 엄마와 내게 어떤 말을 걸까. 나는 언젠가 아픈 엄마에 관한 시를 쓴 적이 있다.

이백 년 후의 차가운 잠에서 깨어나 다시 만난다면

우리는 다정한 연인이 되어

작은 테이블에 마주 앉아 케이크를 푹푹 떠먹을까

환멸과 동정의 젖꼭지를 물고 거침없이

이 세계를 생산할 수 있다면

차가운 잠에서 깨어나

—「차가운 잠」에서

빵 이외의 것

뭐니 뭐니 해도 훔쳐 먹는 맛이라는 것이 있다. 초등학교에 다니면서 스카우트 활동을 했는데 야영이나 답사를 떠나면 자주 빵을 간식으로 나눠주었다. 커다란 상자에 옥수수빵이나 버터크림빵이 가득 들어 있었다. 친한 친구들과 함께 선생님 몰래 한두 개 슬쩍 빼내어 화장실로 몰려갔다. 쪼개서 꾸역꾸역 먹었던 빵 맛은 기억에 없지만 애들과 키득거리며 눈 맞췄던 기억이 난다. 빵을 먹으면서 그만한 즐거움을 지금은 누릴 수가 없다. 왜 그렇게 좋았는지 알 수 없다. 종종 도서관의 책을, 과학실의 온도계 같은 것을 몰래 들고 나오기도 했는데 꼭 갖고 싶어서 그랬던 것 같지는 않다. 이상한 환희 같은 것이 있었다. 이제는 먹을 것이나 물건들이 너무나 흔하고 많아서 탈이다. 쓸모없어서 버려지는 것들이 많아서 문제다. 풍요는 결여의 순간에만 느낄 수 있는 특별한 축복이 아닐까라는 생각이 든다. 어린 시절의 배고픔을 채우던 야채빵과 핫도그가 그리워진다. 양배추, 양파, 당근 같은 저렴한 야채로 빵 속을 가득 채워서 케첩을 뿌려 먹거나, 싸구려 소시지에 밀가루를 덕지덕지 입혀 기름에 튀겨 먹던 것 말이다. 허름한 가판대에서 50원, 100원 했던 것들이다. 꽁꽁 언 손으로 들고 먹었던 풀빵과 호빵의 다정한 맛도 어떻게 잊을 수 있겠는가. 그 빵들이 내게 다시 주어진다 해도 다시는 그 맛을 느끼지 못할 것이다. 불과 2, 30여 년 전의 일인데 입맛이 이렇게 달라졌다. 세월이 변했다. 세월이 변한 게 아니라 사람이 변했다고도 한다. 사람보다는 빵이 더 믿을 만한 것 같다. 빵이 전부는 아니지만 말이다.

　　나는 빵 이외의 것은 믿지 않아

　　빵이 찢어지면서 거짓말이 툭 튀어나올 때

나의 입술은 왜 부풀어 오르는가

이토록 부드럽고 달콤하고 백색이어도 좋은가

네 입속 일까지 관여할 수는 없어서

커다란 손에 입 맞추고

나는 바깥이 된다

—「빵 이외의 것」에서

선물과 뇌물

　손님들이 종종 치즈케이크나 호두파이 같은 것을 들고 집에 온다. 선물로서 아주 무난하고 기분 좋은 것들이다. 밀가루 중독이라는 소문이 났는지 날 만나러 나오는 사람들은 쿠키를 한 상자씩 들고 있기도 한다. 부끄럽지만 환하게 웃어 보인다. 조금씩 야금야금 맛보는 재미를 선물해주는 것이니 이것은 뇌물이 틀림없다. 아이들에게 사탕을 물리는 것도 비슷한 이유에서다. 울지 말라고, 잘 놀아주어서 고맙다고, 심심하니까 그저 그런 것들을 한두 개씩 건넨다.

　일요일 오후 환절기 감기를 앓느라 집에만 있었는데 아이들은 곧 지루해져서 몸을 비비 꼬기 시작했다. 아이들을 데리고 아파트 놀이터에 나와 앉았다. 나뭇잎과 돌멩이를 모으고, 모래를 쌓았다 무너뜨리고, 미끄럼틀과 시소를 타며 구르는 아이들을 물끄러미 쳐다보고 있었는데 전화벨이 울렸다. 친정아버지였다. 전날 친정을 방문했다가 울고 보채는 둘째 녀석을 떼메고 집을 나섰는데 그게 걱정이 돼서 전화를 하셨단다. 할아버지는 아이들이 떼를 쓰고 울면 달랠 방법이 없어서 초콜릿이나 아이스크림을 손에 쥐여주시고는 한다. 우리에게는 한 번도 그런 적이 없었던 아버지다. 손자 손녀들이 우는 것조차도 예쁘지만 얼굴이 구겨진 딸을 보기에는 마음이 안 좋으셨던 모양이다. 그런 아버지의 목소리를 들으니 공연히 눈물이 났다. 놀이터에는 이웃들도 많았는데 창피했다. 엄마 왜 그래? 큰아이의 물음에 마땅한 답이 없었다. 전화 통화를 엿듣더니 동생을 단속하기에 바쁘다. 그러니까 네가 그러면 안 된다니까, 엄마가 자꾸 울잖아, 한다. 가을바람이 서늘하게 느껴졌다. 내일은 아이들과 케이크를 만들어야겠다. 밥솥으로 케이크 시트를 쪄내고 생크림을 휘저어 빵에 두르고 과일 조각을 얹는 일을 아이들은 엄청 좋아한다. 엉망진창으로 흘러내리는 케이크를 손에, 얼굴에 바르며 저희들이 만든 것이라고 맛있게 먹는다. 내가 아이들에게 줄 수 있는 것은 맛 좋은 빵이 아니라, 빵을 만드는 달콤한 시간인지도 모르겠다.

빵이라는 관념

촛불을 끄고 어두워지면
서로의 얼굴을 더듬는다
웃는지 우는지 맞춰보고 싶겠지만
우리의 손바닥은 과감하다

핫도그의 기원을 이야기하며
우리는 사계절
우리는 둘러앉고
아무도 하지 않는 노래를 부르고

— 「옛날 버터 케익」에서

생일이나 기념일에 다 함께 둘러앉아 케이크를 쪼개서 나눠 먹는 일은 이제 아주 흔해졌다. 케이크의 종류나 모양이

다양해서 언제라도 새로운 맛을 볼 수가 있다. 케이크는 마치 웃고 있는 얼굴 같다. 커다란 함성 같다. 케이크가 뭉개지고 사라지면서 시간적 분절이 이루어지고, 잃어버린 기억이 되살아나는 것일까. 축하의 말 뒤로 스며드는 맛은 꼭 달콤하지만은 않은 것 같다. 기록되지 못한 채 허무하게 스러져 갔던 날들이 더 많을 것이다.

요즘은 조각 케이크를 먹는 사람들이 많아졌다. 쇼트케이크는 완성된 예술품처럼 보이기도 한다. 그것을 허물어가며 먹는 것은 달콤함을 맛보는 것 이상의 느낌을 준다. 죽음의 기미를 느끼게 하는 사물들이 저마다 다르겠지만 나는 탱탱하고 예쁜 쇼트케이크를 보고 있노라면 그렇다. 저걸 허물어 먹는 일은 죽음을 연습하는 것처럼 느껴진다. 어떤 종류의 공허함과 맞닥뜨려야 하는 순간이 온다. 포크를 들었다 내리는 순간에 말이다. 케이크 뷔페에서 서른여덟 조각의 케이크를 먹은 일본 여성이 있다고 들었다. 핫도그 먹기 대회 같은 것을 들어본 적은 있지만 놀랍고 두려운 기록인 것 같다. 느끼하고 달달한 속도 걱정되었지만 그 포크질에 스민 정신적 공허함이 상상되어서 그렇다. 겹겹의 파이도 마찬가지다. 과일이나 견과류를 아기자기하게 올린 여러 가지 모양의 파이들을 바라볼 때, 층층이 얇고 바삭하고 고소한 것들을 깨물 때의 즐거움과 불안함이 있다. 한 겹과 다른 겹 사이를 이루는 빈 공간들이 무너지면서 내는 소리를 사람들은 즐기는 것이 아닐까. 파이 마니아들은 어쩐지 허무주의자일 것 같다. 파이야말로 무의미의 절정인 것 같다. 립파이와 홍차를 먹는 해 질 녘 시간들을 상상해본다. 죽기 전에 마지막 식사를 해야 한다면 쌀밥이나 국수 대신에 빵을 먹을까 보다. 다른 것을 넣지 않은 흰 빵과 물 한 잔이라면 죽음도 겸허하게 맞이할 수 있을까. 맛이 진하고 단단한 독일식 케이크 같은 것을 먹는다면 죽음의 키스를 묵묵히 받아들일 수 있을까.

그러나 지금 빵 타령이나 하고 있을 때가 아니다. 시간과 자존심이 있다면 누구라도 좋은 빵을 만들 수 있을 것이다. 말처럼 쉬운 일은 아니겠지만. 나는 빵 이상의 것을 원하며 살았는데 빵조차도 애써 얻어야만 하는 것이 억울할 때가 많다. 빵조차도 구하기 어려운 사람들이 무척 많다는 것을 안다. 설사가 난다는 것을 알면서도 허기를 참지 못해 진흙을 구워 먹는 아이들에게 백색의 밀가루는 너무 먼 것이다. 굳어가는 빵은 그리움이 아니라 폭력일 것이다. 밥이든 빵이든, 배부르다는 소리는 뭔가, 굶주림이란 무엇인가. 크누트

함순처럼 가난을 좀 더 파고든다면 빵도 더 잘 보일 것 같다. 사람들은 빵 없음 이상의 괴로움을 자주 당하며 살기도 한다. 커다랗고 네모난 식빵은 병원처럼, 아파트처럼 보이기도 하고, 바게트는 몽둥이처럼 보이기도 한다. 커다랗고 시커먼 호밀빵들은 폭탄이나 잠수함 같지 않은가. 만질만질하고 미끈한 빵들 앞에서 조롱당하는 기분이 들기도 한다. 온갖 수모와 학대, 억압과 의문들을 가리지 않는 소박하고 단순한 빵을 인간의 식탁에서 기대할 수 있을 것인가.

삼일절이다
대한은 독립
한 끼는 빵을 먹고 만세
태극당 옛날식 빵집에 앉아
크림빵 도넛 카스텔라를 먹고 있는 사람들
입속 가득 뭉개지는 것이 정말 빵이란 말인가
도대체 무엇으로부터 독립할 것인가
반죽처럼 엉키는 질문들

—「태극당 성업 중」에서

고양이와 개에 관한 거짓말

세상에서 가장 큰 여자는

더 큰 여자가 태어날 때까지

외롭게 외롭게

끝까지 자라겠지

코끝에 있는 점을 보기 위해

천천히 두 눈을 모으면

당신은 지붕 위를 걷는 기분이 들겠지만

내가 모를까

쓸모없이 자라는 점은 바람의 먹이

오 층 칠 층 구 층 높이로 건물들이 자라고

더 이상 오를 필요가 없을 때까지

봄과 여름은

가을과 겨울은 이와 같을까

—「고양이 불필요」에서

　나는 고양이를 키운 적이 없다. 내 시에 고양이가 자주 등
장하기 때문에 사람들은 내가 고양이를 키우거나 고양이를
좋아한다고 생각하는 것 같다. 군이 말하자면 난 고양이를
별로 좋아하지 않는다. 털도 냄새도 별로고, 눈도 무섭다. 가
끔 내 발걸음이나 영혼이 고양이와 닮았다고 생각해본 적은
있다. 천천히 걷다가 문득 멈추는 것이 비슷하달까. 독자적
이고 의외로 사납다는 점도 그렇다. 떨고 있는 새끼 고양이
를 보면 울고 싶다. 고양이는 물을 싫어하고, 항상 배가 고픈
것 같다. 까칠하고 어려운 상대다. 고양이에게 시간이란 없
는 것처럼 보인다. 유일하게 마음에 드는 점이다. 5, 6미터의
담장도 쉽게 오르는 고양이의 점프 능력이 부럽기도 하다.
내 말과 글의 비약에 대해서라면 영혼이 고양이라서 그렇다.
　길고양이를 돌보는 시인을 알고 있다. 그녀는 항상 고양이

를 걱정한다. 고양이라면 그녀가 나보다 훨씬 더 잘 알 것이다. 그녀는 고양이를 사랑하는 것 같지가 않고, 그녀 자신이 고양이인 것 같다. 어두컴컴한 술집에서 여럿이 만났는데 그녀가 앉은 자리 뒤에 우연히 고양이 그림이 걸려 있는 것을 보게 되었다. 그림 속의 고양이들조차도 그녀를 퍽 따르는 것처럼 느껴졌다. 이 우연이 나는 우연이라고 생각하지 않는다. 고양이는 곁을 잘 내주지 않지만 주인과의 약속도 좀처럼 깨지 않는다. 거래와 관계에 능숙하다는 점에서 나보다 더 낫다. 고양이를 알고 싶지만 아무래도 쉽지가 않다. 고양이와의 우정이 정말 가능할까.

반쯤 뜬 눈으로 우유팩이 든 검은 비닐봉지를 들고 흔들거리며 걸어도 모든 게 반 토막으로 보이는 건 아니야

물론 남은 우유를 위해 고양이를 키우는 건 아니지만
저기 아침 창가의 이다, 햇살과 먼지 속에 아무렇게나 찢어진 고양이

나는 쉽게 이다를 잊지만

쉽게 잊혀진 이다는 창문의 높이에 익숙하고

이다는 창가의 이다

장롱 위의 이다

본질적으로 지붕인 고양이

—「본 적 있는 영화」에서

골목길에 고양이 전쟁이라는 것이 있었다. 새벽녘에 사나운 소리가 들리고는 했다. 길고양이(어린 시절에는 도둑고양이라고 불렀다)들이 몰려다니며 난투극을 벌였다. 영역 싸움인지 애정 싸움인지 모를 것들을 하다 결국 죽고 마는 고양이들도 종종 발견되었다. 어린 시절 그런 소리에 귀 기울이며 새벽까지 깨어 있었지만 창문을 열어볼 생각은 하지 못했다. 너무 무서웠다. 아침이면 전쟁이 끝나고 아무 일도 없었다는 듯이 골목길이 고요해졌다. 어디 숨었는지 한낮에는 고양이들을 찾아보기 어려웠다. 언젠가 옥상 항아리 사이에 숨어서 쉬고 있는 고양이와 맞닥뜨려 기겁을 한 적이 있었다. 한낮에 늘어져 있는 고양이는 줄어든 동공의 크기만큼 왜소하고 초라하기 짝이 없다. 늦은 오후나 돼야 우아함을 되찾는 것 같다. 수 미터의 담장을 뛰어오르거나 가뿐히 내려가는 허리를 보고 있노라면 마술처럼 느껴진다. 순식간에 쭉 늘어났다 금세 줄어든다. 그리고 꼬리를 치켜세우고 유유히 사라진다. 농락당한 기분이 들어 한참 동안 멍하다. 빨랫줄에 걸린 생선을 향해 폴짝폴짝 뛰어오르는 고양이를 본 적도 있다. 닿을락 말락 생선 앞에서 군침을 흘리며 반나절을 그러고 있었다. 네발이 너무 절실해 보여서 꾸덕꾸덕 말라가는 생선을 하나쯤 내려주고 싶었지만 그러지 않았다. 그러면 안 될 것 같았다. 비린내를 향한 그리움을 너무 쉽게 해결해서는 고양이가 고양이가 아닐 것이므로.

고양이에게 부착된 불운과 죽음의 이미지, 성적인 코드들은 쉽게 떼어내기 어려운 것 같다. 검은 고양이, 고양이 울음, 고양이 꼬리, 암고양이의 자세에서 말이다. 그런 상징들을 넘어서 요즘은 고양이를 키우는 사람들이 꽤 많아졌다. 많은 사람들이 '집사'를 자처한다. 고양이를 모시는 특별한 즐거움을 추측해보는 것은 어렵지 않다. 고양이 안내서가 베스트셀러에 오르는 이곳에서 고양이는 사람의 거울이라고 할 수 있지 않을까. 인간 세상을 비추는 고양이의 눈을 들여다보면서 사람들은 자신과 세계를 재구성해나가기를 즐기는 것인지도 모르겠다. 둘러보면 개와 고양이를 위한 편의시설이 점점 많아지는 것 같다. 펫숍과 동물 카페도 많이 생기고, 동물들이 보는 텔레비전 채널도 있단다. 개와 고양이에 관한 영화도, 책도 쉽게 구해 볼 수 있다. 언제나 다정다감하며, 한결같은 애정을 보여주고, 인사하기를 좋아하고, 열광적인 태도를 가진 동물을 어떻게 싫어할 수 있겠는가. 공감과 배려의 면에서라면 사람에 뒤지지 않는다. 거기다가 너무 크거나 작지 않아 인간에게 적합한 육체성을 보유하고 있으니 말이다. 꽤 좋은 친구다. 웃기고, 귀엽고, 말이 없고, 상처를 주지 않는다는 점에서 사람보다 나은 것 같기도 하다.

우편함에서 걸어 나오는 나쁜 소식처럼
어지럽고 어려운 고양이
독자성을 버리지 못하고 걸어가는 저 낡은 포즈

(······)

어떤 자세로도 고양이는 추락하지 않는다
붉은 꽃잎 같은 고양이

길의 이쪽과 저쪽에서
고양이와 내가 살아가는 교묘한 방식

고양이는 나의 눈 속으로 제 발을 담그고
나는 나의 눈에 고양이를 묻는다

—「멍든 자국」에서

내가 좋아하는 것은 고양이보다 고양이 캐릭터인지도 모르겠다. 동화 속에서 고양이들은 지략이 뛰어나고 영민하여 모험을 떠난 주인공들을 돕고는 한다. 만화 속 고양이 캐릭터는 훨씬 더 다양하다. 가제트를 없애고 싶어 안달이 난 클로 박사는 팔과 목소리만 존재할 뿐 한 번도 그 얼굴을 보여주지 않는다. 클로 박사의 얼굴을 대신하는 것이 그의 옆을 지키는 페르시안 고양이다. 가제트를 없앨 음모를 꾸밀 때 박사는 고양이를 쓰다듬는다. 그 계략이 실패하고 클로 박사가 주먹으로 책상을 내리칠 때마다 고양이는 놀라 펄쩍 튀어 오른다. 나와라 가제트 만능팔, 하면 스프링 달린 가제트의 손과 발이 발사되면서 이리저리 휘청거린다. 가제트의 엉뚱함과 무능함을 채워주는 해결사 역할을 하는 것은 조카

페니와 페니를 따라다니는 영리한 개 브라이언이다. 소녀와 흰 개는 가제트를 대신해 매번 분주하게 뛰어다니며 문제를 해결하고, 그러고 나서 뒤로 숨는다. 악당도 가제트도 페니도 트릭 속에 존재하며 매번 성공/실패를 반복한다. 발로 뛰는 개와 박사 옆만 지키는 책상 위의 고양이의 모습은 매우 친근하고도 익숙한 모습으로 반복의 쾌락을 부추긴다.

고양이 캐릭터라면 귀엽고 의리 있는 로봇 고양이 도라에몽을 빼놓을 수 없다. 인간 아이 노진구의 옆을 지켜주는 의리파 도라에몽의 활약상을 보고 있노라면 미래에도 인간의 찌질함은 계속되겠지만 도라에몽과 같은 친구가 있다면 사는 게 퍽 괴로운 일만은 아닐 것이다. 제자리걸음을 하는 기분이 들더라도 얼마간 재밌는 일이 생기고, 기대감이 생기고, 맛있는 도라야키도 있으니 말이다. 일본인들은 고양이를 퍽 사랑하는 것 같다. 어딜 가나 고양이를 쉽게 찾아볼 수 있다. 역사적으로나 문화적으로 어떤 배경이 있는 것인지 모르겠으나 고양이를 사랑하는 일본인들이라면 나도 퍽 마음에 든다. 키티는 나와 동갑이다. 머리에 리본을 달고 항상 분홍 코스튬을 즐긴다. 귀엽고 여성적인 것에 흥미가 없는 나로서도 키티 앞에 서면 무력하다. 입술 없는 그 미소 앞에 난감하다. 키티 마니아를 어렵지 않게 만날 수 있다. 비싸고 인기 있는 고양이인 셈이다. 일본 산리오에서 미국의 국민 캐릭터 스누피를 겨냥하여 만든 것이 키티라니, 개와 고양이는 속담이나 한자성어에서 뿐만 아니라 자본시장에서도 경쟁적인가 보다. 키티가 입술도 없는 고가의 고양이라면 『이상한 나라의 앨리스』의 체셔 고양이는 쭉 찢어진 입에 웃음을 매달고 있는 고양이인데, 신비하고 묘한 웃음만 남긴 채 사라지는 이 고양이를 쫓아가면 세상의 어떤 문도 열릴 것 같고, 비밀의 계단도 들어설 수 있을 것 같다. 고양이가 실제 웃는다고 생각할 수는 없지만 고양이와 웃음을 붙여놓으면 그만큼 파괴적인 매력이 발생한다. 고양이의 콧수염을 튕기면 높은 음 시 소리가 날 것 같다. 다른 세상을 꿈꾼다면 체셔 고양이로 태어나는 것이 어떨까. 마음껏 비웃거나 미칠 수 있으니까. 유유히 사라질 수 있으니까. 아무리 불안해도 목이 없으니 목을 칠 수가 없을 것이다.

「포켓몬」에 나오는 나옹의 뾰족니도, 「마녀 배달부 키키」의 옆을 지키는 지지도, 「이웃집 토토로」에서 하늘을 나는 고양이 버스도, 「톰과 제리」에서 늘 당하기만 하는 찌질한 회색 고양이 톰도 생각난다. 이들이 고양이어서 마음이 흡족

하다. 내가 잘 알지 못하는 히코냥도, 지바냥도, 냥코센세도 있다. 그러고 보니 고양이 캐릭터에 열광하고 그것을 향유하는 것도 다 특정 세대인 것 같다. 할아버지 할머니에게 고양이는 남은 밥을 처리하는 조용한 나비, 관절염에 먹는 특효약이었던 것으로 기억한다.

개라면 누구에게나 좀 더 친근하다. 나도 10여 년간 요크셔테리어를 키운 적이 있다. 어느 날 오빠가 강아지를 품에 안고 왔다. 여자친구가 선물해주었다고 했다. 태어난 지 얼마 되지 않아 마룻바닥을 애벌레처럼 꾸물거리며 조심스럽게 걸어 다니는 것이 귀여웠다. 처음부터 단비라는 이름을 달고 왔는데 이름처럼 우리 가족들의 마음에 단비를 내려주었다. 부모님은 개라면 질색을 했는데 이상하게 물리지 못했다. 그렇게 10여 년을 함께 살게 되었다. 처음에는 오빠와 내가 좋아했지만 나중에는 부모님들의 애착이 더 강해졌다. 우리가 집을 비우고 밖을 떠도는 사이 늘 부모님 곁에 있었던 것이 단비였다. 이름처럼 달콤하고 부드럽고 촉촉한 강아지였다. 반가운 사람이 나타나면 벌러덩 누워 배를 보여주고는 했다. 아빠와 운동하러 나가는 것을 무척 좋아했다. 어느 날 산책길에서 커다란 개에게 물려 며칠을 앓았다. 아파서가 아니라 주눅 들어서였다. 소심함은 우리 가족들의 캐릭터인데 단비도 그걸 닮았던 것이다. 탈장과 관절염으로 동물병원을 드나들던 때도 부모님은 지극정성으로 보살폈다. 저녁 식사 후 텔레비전을 보며 과일과 과자 같은 것을 나눠 먹던 아버지와 단비 사이에는 누구도 끼어들기 어려운 유대감이 형성되어 있었다. 가끔씩 쓰레기통을 엎어놓거나 베갯잇을 물어 뜯어놓는 사고뭉치이기도 했다.

개 한 마리 코를 벌름거린다

똥과 주인 사이를 얼마나 오갔을까

주인이라는 관념을 사는 한 마리의 무고한 개

적개심은 날개를 달지만

또 얼마나 향긋하고 어려운 냄새인가

크래커를 부수는 수많은 날들 위에

무릎을 끓고 먼저 늙어가는 개

—「크래커 데이즈」

단비가 죽던 날, 거울을 보며 화장을 하고 있었던 엄마 무릎에 단비는 가만히 머리를 대고 한참을 누워 있었다고 한다. 그러고는 자기 집에 들어가 나오지 않았다고 한다. 아무도 없는 집에서 꿈쩍 않고 엎드려 있었던 단비를 외출에서 돌아와 보았을 것이다. 술자리에 있다가 단비가 죽었다는 소식을 들었는데 방금 전까지 웃고 떠들며 술 마시던 내가 전화 한 통에 무너져 내려 펑펑 울기 시작하자 분위기가 정말 싸해졌다. 눈물이 멈추지가 않아서 그렇게 내내 울었다. 나는 울다가 그쳤지만 엄마는 계속 잠꼬대를 하고, 아침에 일어나 죽은 단비를 찾아 집 안을 서성였다. 아버지는 단비를 묻은 뒷산에 올라가 단비가 좋아했던 음식을 갖다 두는 일을 며칠을 반복하였다. 내 슬픔은 관념이었지만 부모님에게는 피부로 와닿는 결여였다. 그런 부모님이 걱정되어 또 울었다. 한밤중에 벌떡 일어나 울면서 부끄러웠다.

아파트에도 개를 키우는 사람들이 제법 많다. 엘리베이터나 단지 내 산책로에서 종종 만난다. 한 마리가 아니라 두어 마리를 끌고 다니는 사람들도 흔하다. 요크셔테리어나 몰티즈, 푸들이나 치와와가 흔하지만 드물게 커다란 개도 있다. 시베리아허스키나 골든레트리버 같은 것 말이다. 어린아이들을 데리고 다니는 나로서는 개와 마주치는 일이 반가울 리 없다. 연신 킁킁거리며 설레발을 치며 다가오면 딱 질색이다. 개의 침이나 오줌이 묻는 것도 싫고 털이 날리면 재채기가 날 것만 같다. 아이들도 겁 없이 달려들기는 마찬가지다. 아이들은 멀리서 개가 다가오는 것만 봐도 좋아 죽는다. 가지 말라고 야단을 쳐도 벌써 달려가고 없다. 주인들은 한결같이 말한다. 우리 개는 안 물어요, 라고. 그 말은 반만 맞다. 잘 훈련된 개들은 여간해서 사람을 물지 않는다. 특히 주인은. 그러나 어린아이들의 경우는 다르다. 어려서부터 나는 개의 이빨이 박힌 연약한 팔다리를 자주 봤다. 애들은 개에게 물리면 혼절할 듯 울고, 주인은 그럴 리가 없다는 듯이 의아해한다. 개들은 본능적으로 아이들이 약하다는 것을 알면서도, 아이들의 돌발 행동에 위협감을 느끼면 바로 문다. 우리 개는 주인이나 어른은 안 물어요, 라고 말해야 옳다.

어릴 적 마당이 있는 집에 살았을 때 대문 곁에 개를 키웠단다. 아버지의 잦은 출장으로 인한 불안 때문이었을까. 진돗개와 잡종 사이에서 태어난 개였는데 제법 믿음직스럽고 영리했다고 한다. 나는 그 개를 전혀 기억하지 못하고 사진으로만 알고 있다. 두세 살쯤으로 보이는 어린 내가 개를 붙잡고 배를 내밀고 서 있다. 오빠들도 그 옆에 어색한 자세를 취하고 있다. 어린 내가 종종 그 개를 타고 다녔다고 한다. 덩치가 커다란 개여서 가능했을 법도 하지만 전혀 알 수 없는 얘기다. 그냥 나를 태워준 개가 설사병이 나서 죽어버렸다고 하니 딱한 기분이 들었다. 개의 입을 벌려 미국에서 공수해 온 희멀건 약을 쏟아부었던 장면이 얼핏 기억이 나기도 하는 것 같다. 하지만 그게 들은 것인지 본 것인지 헷갈린다. 지금 같으면 동물병원에 데려가 어떡하든 살렸을 텐데 말이다. 그래서일까. 항상 개에게 빚진 기분이 든다. 아이들에게 『플란다스의 개』이야기를 읽어주고 나서는 껵껵 우느라 정신을 차리지 못한다.

귀청이 떨어질 듯 크게 음악을 틀어놓아도
귀는 모양을 바꾸지 않는다
무서운 속도로 달려도
오래된 습관들은 나를 떠나질 않고

나무들은 꺾이지 않고

도로 위의 아침은 도로 위의 밤을 벗어난다

응 애 응 애 정확히 우는 아이들도

자라면 모호한 눈물을 흘릴까

울다가 시시해져

시뻘건 눈을 비비며

사과를 먹고 또 사과를 먹고……

—「마로니에」에서

　부모님과의 사소한 다툼은 흔하다. 나이 들면 어린아이와 비슷해진다. 억지와 고집이 장난이 아니다. 감정과 태도가 얼크러져 종잡을 수가 없는 때가 종종 있다. 내가 어릴 때는 건방지다고 부모님께서 일방적으로 야단치셨지만 이제는 나이 든 자식에게 그렇게까지는 하지 못하신다. 언젠가 넌 많이 배워서 말도 잘하는구나, 하신 적이 있다. 부족하고 모자라도 내가 네가 섬겨야 할 부모다, 라고 하신 적도 있다. 나의 말이 옳았지만 나란 사람은 전혀 옳지 않았다. 옳고 그름보다 더 중요한 것이 있었다. 존중과 사랑은 말로 표현할 수 있지만 말로 다 표현되지는 않는 것 같다. 침묵 속에서도 진정한 소통이 이루어질 수 있다면 그게 개와 고양이의 방법이 아닐까. "개와 고양이는 애착과 숭배의 표현을 통해 주인에게 어떤 결함과 실패가 있더라도 그를 사랑하고 존중한다는 사실을 느끼게 한다."(제임스 서펠) 나는 개만도 못한 자식이었던 것이다. 부끄럽기 짝이 없는 사실이다. 그렇게 부모 자식 간에는, 부부간에는 실수투성이다. 헌신과 희생은 사람을 사람이 가지 못하는 숭고한 지점까지 이르게 하지만 종종 사람을 망가뜨리는 것 같기도 하다. 호감과 열정은 감정 이상의 것을 쫓게 만들기도 한다. 존경과 숭배의 감정을 사랑의 감정과 분리해내기도 퍽 어렵다. 어쨌든 인간적 감정의 가능성과 한계를 생각하는 것에 동물과의 우정을 염두에 두는 것이 도움이 된다. 날마다의 실천을 생각한다면 인간이 개나 고양이만도 못할 때가 많은 것 같다. 인간은 개와 고양이가 쫓지 않는 것을 날마다 부지런히 쫓기 때문이다. 유기견이나 동물 학대의 현장을 보고 있노라면, 그리고 다른 사람에 대해서도 똑같은 태도를 취할 수 있다는 점에서 인간의 잔인함과 폭력성은 세상에서 제일가는 것 같다.

누구도 우리가 키우는 고양이를 목매달아 죽이지는 않을

것이다. 애완동물(요즘은 반려동물이라는 표현을 쓰는 것 같다)에 대한 기호와 취향이 더 이상 계급적 특권과 연결되는 것 같지도 않다. 오히려 반대로 이 사회가 유지하는 시스템의 그늘에 개와 고양이가 있는 것이 아닐까. 동물과의 정서적 유대를 통해 고독과 상실감을 극복할 수 있다는 친절한 설명은 너무 교과서적이다. 그들의 동물 사랑에서 모종의 저항 의지를 읽어낸다면 과잉 해석일까. 이 사회는 조금 다른 삶을 불편해하고, 불편함을 불안해하는 이상한 병이 있다. 혼자 앓는 것이야말로 최대의 불행이고, 늙어가는 불안은 감추고 싶은 것이어서 부지런히 무엇인가를 좋아한다고 생각하기 쉽지만 반은 맞고 반은 틀리다. 고독한 사람은 개도 고양이도 키우지 않는다. 자신을 저버린 사람도 마찬가지다. 그렇다면 누가? 내 부족한 인간성을 보듬어줄 고양이나 개 한 마리가 절실하지만 그렇게 하지 못하고 있다. 그냥 외출했다 돌아오는 길에 화분을 하나씩 사 들고 온다. 소국, 벤자민, 게발선인장, 로즈마리 같은 것 말이다. 아침저녁으로 살피는 것도 일이고, 물 줘야 할 때를 맞추느라 신경이 쓰이기도 한다. 내게는 돌봐야 할 애들이 넷이다. 식물을 들여다볼 여유 같은 것은 생각하기 어렵다. 그런데도 끊임없이 뭔가를 향해 손길을 뻗는다. 미스터리한 삶이다. 자본과 욕망의 움직임을 읽어내는 추리력을 발휘할수록 삶에 대한 기대와 희망은 옅어지는데, 삶을 붙드는 악력은 약해지지 않는다. 고양이가 울고 개가 짖는다.

믿을 수 있어? 마시멜로는 지구 일곱 바퀴 반을 돌아도 끊어지지 않는다는 거야 이 밤에 얼마나 고독할까 고양이는

그렇다고 고양이가 시간에 대한 어떤 태도를 가지는 건 아니지 슈퍼맨이 댐을 막기 위해 안경을 벗었을 때 나는 그의 코스튬이 부러웠을 뿐

고양이는 한없이 길어지고 고양이는 어떤 태도를 감추고 있네 단숨에 뛰어넘을 수 없는 거리를 가졌지

슈퍼맨은 어지럽고 고양이는 감쪽같이 사라졌어 내 머리 위에서 돌아가는 저 어두운 별, 별.

떨어지는 하나의 별을 봤을 때 내가 기도했다고 생각해?

짧고 순간적인 꼬리가 힘겹지 않아? 그 꼬리가 담장 하나쯤

을 무너뜨릴 때

—「이중 모션」에서

집으로 가는 길

나는 집도 잠이 든다고 생각한다

처마 끝에서 떨어지는 빗방울이

가져다준 은폐의 환상이다

방마다 사람들은

서로 다른 꿈을 꾸고

다른 방식으로 양치질을 하고

다른 자세로 잠들겠지만

빗방울은 지붕을 때리고

떨어지는 빗물은 빗장을 친다

아래로 더 아래로

바닥까지 아름다운 세계로

나는 집도 꿈을 꾼다고 생각한다

지붕 끝에 매달리는 물방울은

지붕을 한없이 길게 할 것만 같고

장님이 막대를 더듬던

무서운 시간을 불러온다

사람들은 지붕이 뚜껑처럼 열리는 일을

두려워하지만 기둥이 무너지고

지붕이 날아가는 건 이야기의 힘이다

사람들은 입이 크고 험하고

어떤 냄새를 풍긴다

—「철의 장막」에서

　　예전에 잠시 근무했던 연구소는 옛날 방식으로 지붕을 얹
었다. 기와가 제법 그럴듯해 보였다. 전통적인 건축 방식에
는 무지했으나 비 오는 날의 느낌은 매우 특별하게 다가왔

다. 빗방울이 아슬아슬 매달리는 것이 보기 좋았고 똑똑 떨어지는 소리가 듣기 좋았다. 장마가 지면 억수로 쏟아지는 비 때문에 지붕은 연신 물세례를 받았고 처마는 빗장을 친 것 같은 모습이 되었다. 도서관 책에 레이블을 붙이면서 창밖을 흘끔거리고는 했다. 물막에 휩싸인 기분이 들었는데 아늑하고 고적하면서도 시원하달까. 그때 나는 알았다. 집이나 건물이라는 것이 단순히 거주만 하는 공간이 아니라 숨 쉬는 하나의 커다란 생명체라는 것을. 바람과 햇볕이 들고 날 때 공간도 표정을 바꾸고 운동을 하는 것 같다. 기둥과 벽과 문이 단순히 공간을 떠받치거나 구획하거나 통로가 되는 기능적 측면만 있는 것이 아니라는 사실에 대해 이해하기 시작했다. 사람들이 대화를 나눌 때 집도 이야기를 엿듣고 그 내용을 새기는 것이 아닐까. 사람들이 잠들 때 방도 함께 꿈을 꾸는 것이 아닐까. 그런 환상에 사로잡혔다. 딱딱하고 견고한 집이 부드럽고 무르게 느껴지고, 내가 누군가의 커다란 몸속에 들어가 앉아 있는 것 같은 착각 말이다.

　길을 통해 집의 의미를 새로 알게 되기도 했다. 영화「집으로 가는 길」(1999)에서 장쯔이는 연신 뛰어다녔다. 잃어버린 빨간 머리핀을 찾기 위해, 뜨거운 만두를 들고서, 조각난

접시를 꼭 쥐고 쉬지 않고 달렸다. 맹목적으로 뛰고 계속 달려서 사람을 만나고, 사랑에 빠지고, 가정을 꾸린다. 그 집에 오래 함께 머물던 사람을 떠나보내는 일 역시 길 위에서 이루어진다. 그 영화에서 나는 길을 만드는 인간의 순정한 마음을 보았다. 기다림으로 빛나는 길이 있다는 것이 제법 큰 위로가 되었다. 나는 걸어서 도달할 수 있는 세계를 아직도 동경한다. 그것이 집 밖으로 나가고 다시 돌아오는 내 발걸음의 이유겠지만 그 세계는 여전히 내게 멀고 아득하다.

조금 떠 있고
늘 가라앉아 있는
헤매고 방황하는 집
발이 쉬지 못하는 집

너의 집은 어디니
누군가 진지하게 물었다
정확히 그것을 모르지만
나는 밤마다 발이 닳도록
그곳을 찾아가요

큰 입을 벌리고 나를 삼키고

나는 즐겁게 죽어간다

집의 입술은 마르지 않았네

—「집은 젖지 않았네」에서

언젠가 머릿속이 엉키고 가슴이 터질 것 같아 집 밖으로 뛰쳐나온 적이 있었다. 책과 노트북을 들고 무작정 나왔으나 갈 곳이 없었다. 졸업한 이후로는 학교에 가고 싶지 않았고 중고생이 키득거리는 구립 도서관의 분위기도 마음에 들지 않았다. 결국 몇 걸음 가지 못하고 어쩔 수 없이 카페에 들어갔다. 한담을 나누며 시간을 죽이는 사람들이 있었고 나처럼 혼자 와서 죽치고 앉아 있는 사람들도 몇몇 있었다. 바깥에 비해 실내 공기가 너무 시원하고 음악이 지나치게 크긴 했지만 오랜만에 그러고 있는 것이 나쁘지는 않았다. 나는 집에서 하던 일상적인 모든 행동들을 잠시 멈추고 조용히 생각이라는 것을 했다. 생각한다는 것을 핑계 삼아 아무것도 하지 않은 채 멍하게 앉아 있었다. 그렇게 익숙해진 공간에서 잠시 벗어나는 것이 필요할 때 집이 굴레이자 오랜 관습의 벽으로 작용하는 것을 느끼게 된다. 마감에 몰려 카페에서 노트북을 켜기도 하지만 대부분의 글쓰기는 바로 그 집에서 가능하기도 하다. 예술가들에게 집이 없다는 말은 구속 없이 그들이 누려야 할 창작의 자유와 뚜렷한 거처 없이 방랑하는 영혼의 고독을 이야기하는 것이지만 정말 그럴까. 그런 구속감이 없다면 정말 미쳐 날뛰지 않을까. 나는 늘 좀 틀어박혀 있는 편이다. 다른 이들도 크게 다른 것 같지 않다. 집의 안팎에 작업 공간이 있고 거기서 작품이 써진다는 말은 무의미하지만 예술가에게 집은 이상하고 고유한 공간이다. 부지런히 그곳을 떠나고 다시 돌아오기 때문이다. 평생 다락방 안에서의 사유와 작은 마을을 한 바퀴 도는 산책만으로 이 세계를 꿰뚫는 철학자가 못 되어서 나는 항상 벗어나기를 갈망하는지도 모르겠다. 밤하늘의 별과 자기 안의 도덕률만으로 고양되는 철학자가 못 되어서 여러 가지를 보고 듣고도 자기 안에 맺힌 상을 분별하지 못해 마음이 어지러운 것 같기도 하다.

구체적이고 가혹한 질문을 하는 사람들이
날마다 소세키의 문을 두드렸다

소세키는 몸이 아팠고 기운이 없었지만

손님에게 차와 방석을 내놓았다

여자들은 울었고

남자들은 화를 냈다

모든 것이 너무 가깝거나 멀었지만

사람들은 둘 이상의 질문을 동시에 했다

소세키는 대답을 잘하는 사람이 아니었다

그러나 구체적이고 가혹한 질문을 하는 사람들이

소세키의 문을 날마다 두드렸다

유리문이었다

소세키도 화가 났고

생각이 안 풀렸고

추억에 잠겼다

투명한 집은 없다고

소세키는 유리문을 달았을 것이다

유리의 잔금을 안고

자주 아팠을 것이다

가끔 그의 고양이가 집을 나갔고

여자들이 죽었다

남자들도 죽었다

소세키도 지금은 그 자리에 없다

—「유리문 안에서」

　살던 집을 떠나기로 하고 이사를 생각하면서 지난 10여 년간 살았던 집에 대해 조금씩 이해하기 시작했다. 곧 떠날 집에 더 정성을 쏟게 되었다. 비좁은 공간을 정리하고 바닥을 손보면서 그간 내가 얼마나 이 집에 무관심했는지를 알게 되었다. 내가 점유하는 나의 공간이 아니라 이 공간이 나를 어떻게 길들였나를 돌아보면서 좁지만 조금씩 애착을 갖고 공간이 요구하는 대로 비우고, 닦고, 새로 배치했다. 등을 새로 달아 밝기를 조정하고, 집 안 곳곳에 숯이나 화분을 들여놓기도 하였다. 떠나려니 꽤 아쉽고 미안한 마음이 들었다. 집에서 지내온 오랜 시간들을 정리하는 것이 집을 옮기는 복잡한 과정만큼이나 수월하지 않았다.

　새로 들어갈 집을 보러 다니면서 다른 삶을 엿보는 즐거움이 컸다. 관음증적 시선을 거두려고 해도 나는 집을 보지 않고 마음속으로 그 집에 사는 사람을 집요하게 추적하고 있었다. 저마다 사는 방식이 다른 것처럼 같은 구조의 집에서도 사람들은 전혀 다른 방식으로 삶을 꾸려가는 것 같았다. 집은 주인의 표정을 닮아가는 것이 아닐까. 부부가 사는 집, 노인이 사는 집, 아이들이 있는 집, 혼자 사는 집. 주인이 없어도 그 집에 누가 사는지 알 수가 있었다. 집마다 들어설 때 느껴지는 기운이 달랐다. 집에는 그 사람의 정보만 담겨 있는 것이 아니라, 그 사람의 손길과 호흡이 새겨져 있었다. 독신남이 출근한 이후 빈집을 봐주는 관리사가 부재하는 주인과도 모종의 관계를 맺듯이(이장욱, 「아르놀피니 부부의 결혼식」), 가사나 육아를 거들어주는 사람이 단순히 그 집에 노동력만 제공해주는 것이 아니듯이(손보미, 「임시교사」) 사람과 집은 모종의 관계를 맺고, 관계라는 것은 일정한 공간을 함께 지내면 필연코 형성되는 것 같다. 울타리로부터 소외당하는 인물들에게 이 사회의 시스템은 그다지 호의적인 것 같지 않다. 적응하지 못하고 하루하루 낯설게 눈을 감았다 뜨는 이들에게 이 세계는 영원히 바깥이다. 부적응과 겉돎은 우리가 지키는 상식과 모럴의 허위성을 겨냥한 것이기도 하다.

기차를 집 모양으로 만들어도

집을 나가고 싶은 사람은 집을 나가고

집을 옮기고 싶은 사람은 집을 옮길 것이다
목요일의 신선 달걀을 포기하고

떠날 수 있을까 기차를 타고 비행기를 타고
구름을 깔고 앉을까
가장 먼저 부패되어갈 것과
가장 오래도록 남을 것을 한 냉장고에 넣어두고

우리는 떠났다 우리의 황금 위에
이제 먼지가 쌓여갈 것이고
부유하는 먼지들을 오래도록 쳐다보다 잠이 들고
잠이 들었다 깨어나 창밖을 내다볼 것이다

—「목요일마다 신선한 달걀이 배달되고」에서

집을 벗어나고 싶었다. 가족들을 떠나 좀 다른 곳으로 가고 싶었다. 숨이 막히고 지루했다. 스무 살을 전후로 내가 긴 여행을 떠났던 것은 주로 그런 이유였는데 늘 다시 돌아와 집에 처박혔다. 좀처럼 벗어날 수가 없었다. 그런 여행이 자주 반복되다가 어느 순간 멈추었다. 결혼이라는 아주 훌륭한

안착지가 마련되었다. 낭만적 오해에 불과하다는 것을 알면서도 기꺼이 그 길을 선택했다. 나의 선택에 많은 사람들이 의아해했다. 서른 무렵이었는데 그런 결정은 결국 영원히 집에 처박히는 결과를 초래했다. 원래 살던 집을 떠나 다른 집으로 옮겨 갔을 때 나는 오히려 내가 영원히 집에서 벗어날 수 없다는 것을 실감하게 되었다. 외모부터 내면까지 핏줄을 복사하고 세세하게 가족들을 모방한 것에 불과한 나 자신의 모습을 인정하지 않을 수 없었다. 새집에서 남편과 불꽃이 튀도록 싸웠다. 더 이상 싸우지 않게 되는 데 다시 10년이 걸렸고 그런 와중에 자꾸 아이들이 태어났다. 집이란 그저 그런 곳이 되었고, 그저 그런 곳에 잘 적응한 듯이 보이기는 한다. 언제라도 박차고 떠날 듯한 내면의 으르렁거림까지는 잠재우기가 어렵다.

내가 지워지는 날들이 있어요. 내 죄가 나를 먹는 그런 날들. 다 먹힌 것 같은데 내일의 침묵 속에서 내가 다시 튀어나오겠지요. 길거리에 마구 내뱉어진 내가 돌아갈 집은 헛된 망상처럼 높고 반듯하고 분명합니다.

—「내 죄가 나를 먹네」에서

동네 한 바퀴의 즐거움을 빼앗긴 지 오래된 것 같다. 골목이 죽고, 동네가 무너졌다. 이젠 정말 어딜 가나 천하일색 아파트와 대형 마트, 그만그만한 술집과 식당, 동일 프랜차이즈의 상점들이 늘어서 있다. 도시만의, 지역만의 개성을 지켜가기가 그만큼 어려운 일이 되어버린 것이다. 다양하고 풍요로운 공간을 상상하는 일이 지나치게 낭만적인 발상일까. 신도시, 주상복합, 멀티플렉스 등의 말이 포함하고 있는 삶의 편의성과 공간의 효율성을 다 믿을 수가 없다. 동선과 타이밍이 뻔해진다는 것이 과연 환영할 만한 일인지도 잘 모르겠다. 구획되고 잘 짜인 공간에서 기계적으로 움직이는 것이 나는 지루하다. 자동차가 없으면 살기 어렵다는 말도 내게는 두려움을 불러일으킨다. 걸어서 갈 수 있는 데가 없다는 말처럼 끔찍한 것이 또 있을까.

집에서 멀찌감치 내려 천천히 걸어서 동네에 들어섰는데 인근 아파트 공사 현장에 이르렀을 때 산책의 기분을 간단히 빼앗겼다. 오래전에 봐왔던 그 모습 그대로였다. 삶의 터전을 잃은 주민들이 대형 건설회사를 상대로 이길 수 없는 싸움을 진행하고 있었다. 옷이 찢어지고 살이 뜯기고 길거리에 눕거나 끌려가는 모습의 사진이 내걸렸다. 용역들이 들이

닥쳐서 자신들을 강제로 집에서 끌어냈다고 증언했다. 돈의 야만은 집이라는 공간과 엮일 때 엄청난 위력과 파괴력을 드러내는 것 같다. 도심 재개발 지역이 무분별하게 늘어나 어딜 가나 아파트 공사 현장이 있다. 새로운 상권을 좇아 사람들이 몰리겠지만 다른 쪽에서는 여전히 생활고와 대출이자에 시달릴 것이다. 어떤 주거지들은 중세 성처럼 담벼락이 높아 그 안에 가닿을 수 있을 것 같지 않다. 그들의 삶은 알수가 없다. 하우스푸어나 갭투자라는 말을 들어도 마찬가지다. 사람이 공간을 활용하는 것이 아니라 공간이 사람을 우롱하는 것 같은 기분이 든다. 집들이 우리를 집어삼킨 것은 아닐까. 거대하고 그럴듯한 공간을 탐하면서 우리의 내면은 허덕이고 있는 것인지도.

촛대와 냅킨을 들고 식탁으로 걸어가는 가족들이 있고 지상에서의 마지막 식사가 시작된다

지금 집을 짓지 않는 자는 영원히 집이 없을 것이므로 나는 지붕 위로 떠오르는 가족들의 긴 꼬리를 잡는다

눈이 내린다 가로등 불빛 아래 눈은 먼지처럼 오래고 말이
없다 개가 썰매를 끌듯이

나는 지금 집을 떠메고 날아오른다 아니 흩날린다 더럽고
조용한 길 위에서

슈베르트로부터 나는 못생긴 얼굴을 물려받았고 불친절함
을 배웠다

—「식사 시간」에서

집이 그리운 것은 그곳에 곳간이 있고 그 곳간의 열쇠를
쥐고 있는 어머니가 있기 때문인지도 모르겠다. 작고 초라한
곳간이라 할지라도 말이다. 어머니를 잃는다는 것은 단지 그
존재를, 어떤 대상을 상실하는 것이 아니라 한 세계를 잃는
것이리라. 내가 살아가던 어떤 공간이 통째로 떨어져 나갈
때 그 망실감을 어떻게 받아들여야 할지 알 수 없다. 사람은
철저히 무너져도 살아내지만 나의 죽음은 내 몫이 아닐 거
라는 생각이 들 때 아이들을 물끄러미 보게 된다. 큰애가, 엄
마가 죽으면 우리는 그 앞에서 절을 두 번 해야 해, 알겠지?

하고 동생에게 타이르는 말을 들었다. 아이들에게 죽음은 아직 고통이나 슬픔이 아니고, 관념이나 사유의 대상은 더욱 아니다. 어떤 형식과 절차를 갖춘다는 것이 신기해서 했던 말일까. 말이 가닿는 곳이 어딘지 모르고 종알거리는 입술이 오늘은 어쩐지 더 아프게 느껴졌다. 제사를 지내고 돌아오는 고속도로 위에서 나라 안팎의 뉴스를 보게 되었다. 죽은 조상들을 위한 예를 갖추는 일은 복잡하지만 어려운 일은 아니다. 산 자들이 어이없고 부당한 죽음을 당하게 되는 일들이 이렇게 다반사로 일어나니 사람살이 안에 폭력이 얼마나 가까운지 실감하게 된다. 가난과 분쟁 속에 집은 쉽게 사라지고 나이 어린 소년 소녀들조차 폭탄 가방을 짊어지고 거리로 나서는, 지붕 위로 떨어지는 포탄과 갑작스럽게 날아드는 총알로 마감되는 생이 흔하니 우리가 어떤 공간을 꿈꾼다기보다는 이 세계의 논리와 시스템이 지배하는 공간이 우리의 꿈을 쉽게 무너뜨린다고 봐야 맞을 것 같다.

밤에는 집들이 아주 작게 보여 저 가로등은 먼 곳에서부터 항해를 하지 교회의 십자가는 푸르고 집들은 갈 데가 없네

성냥갑 속의 삶을 노래하던 여가수는 어디로 갔을까 나는
그녀가 가장 아름다운 성냥을 가졌다고 생각해 그녀가 내게
마지막으로 담뱃불을 붙여 준다면……

　　삼쌍둥이처럼 호흡기를 나누어 가질까 내가 잘 구운 빵을
먹고 싶을 때 당신은 밀가루로 둥글게 반죽을 하지 우리는
조금 멀리 왔어 그리운 집으로부터 갈 수 없는 마을까지

　　　　　　　　　　　　　　　　　　─「이상한 각도」에서

밤이 사나운 꾸지람으로 나를 조를 때

어젯밤 읽었던 책이 사라졌다
감쪽같다는 말이 뜨겁게 떠올랐다
어디에도 없는 책을 더듬어가느라
마음이 빵 봉지처럼 부스럭거렸다
계속 허기가 졌다

보일링 오션, 은 불가능하다는 말
어젯밤의 독서는 곶감처럼 달았다
누가 빼앗아갈까 겁이 났던 것일까
내가 죽었다고 슬퍼하는 사람들을 보며

내내 함께 슬퍼하다가 깨어난 아침이었다
물결이 발밑까지 밀려와 있었다

죽은 내가 들고 간 책은 영원히 숨고
찾지 못할 것이다
꿈속에서 넘어가는 페이지를
나는 어렵게 어렵게 읽으며
희미한 나를 애써 지울 것이다
물에 젖은 책 무거운 글자들이 가리키는 것을
애써 외면한 채

디스 이즈 어 오션,
생수병을 흔들며 아이가 웃었다
불룩한 배를 아무한테나 보여주었다
대양을 마신다는 것은 불가능해서
책상 위의 어지러운 메모들이
우는 듯 웃는 듯 찌그러진 입술 같았다
낡은 페이지가 한 장 넘어가고 있었다

—「바다의 책」

내가 시를 쓰게 된 것은 우연에 가깝다. 책을 읽는 것 이외에 별다른 취미가 없었고 그 밖의 다른 것을 잘하지 못했다. 국문학과에 진학했고 별 어려움 없이 대학 생활을 마쳤다. 졸업할 즈음에도 특별히 하고 싶은 일이 없었다. 취직할 마음도 좀처럼 생겨나지 않았다. 출퇴근을 하는 직업에 종사하는 것이 좀 끔찍하게 생각되었기 때문에 자연스럽게 공부를 계속하게 되었다. 문학 공부를 계속하자면 시를 하는 것이 좀 더 근사하게 생각되었던 것 같다. 대학원에서 시를 공부하는 사람들과 어울리다 보니 읽는 것 말고도 뭔가 좀 써야 할 기회가 생겼다. 그동안 주로 잡다한 것들만 읽으며 지냈던 나는 시를 쓰는 것에 별 관심이 없었으니 오히려 시라고 하는 것을 몇 줄 쓰는 일이 크게 부담 되지 않았다. 그래서 내가 시라고 적은 것은 좀 헐겁고 가벼웠다. 시적 전통도 최근 스타일도 고려되지 않은 어설픈 자기 고백과 서툰 묘사들이었다. "나는 나에게 작은 손을 내밀어 / 눈물과 위안으로 잡는 최초의 악수."(윤동주, 「쉽게 쓰여진 시」) 사람들은 크게 내치지 않았다. 그때는 내가 얼마나 어이없는 시를 썼는지도 몰랐다. 미숙한 영혼을 내치지 않았으니 나는 동료들에게 크게 빚진 셈이다.

문제는 뒤늦게 길을 잃고서 읽지도 쓰지도 못하는 상태에 내가 놓이게 되었다는 것이다. 늘 그저 그렇게 주어진 대로 대충 살아가다가 마음먹고 진짜 하고 싶은 것이 생겼으나 불발된 것이 남긴 상처였다. 지금 생각해보면 그것도 정말 어이없는 계획이긴 하다. 내가 살던 곳을 떠나 다른 삶을 계획했으나 모두가 말렸고 결국은 떠나지 못했다. 모든 것이 지루해졌고 의미가 없어졌다. 오래 누워 있었고 일어섰으나 갈 곳이 없었다. 나만 빼고 세상은 늘 그런 것처럼 굴러가는 듯이 보였다. 검은 비닐봉지에 인스턴트커피를 사서 들고 신호등 앞에 서 있었는데 신호가 몇 번이 바뀌도록 건너가지 못하고 우두커니 붙박여 서 있었다. 세상의 어떤 신호도 나 자신을 움직이지 못할 것이라는 생각이 들었다. 그때부터 어떤 신호를 자발적으로 만들어내서 스스로를 굴려 가지 않으면 안 되었다. 그래서 컴퓨터를 다시 켰고 계속해서 뭔가를 썼던 것 같다. "이때 나는 내 뜻이며 힘으로, 나를 이끌어 가는 것이 힘든 일인 것을 생각하고,/이것들보다 더 크고, 높은 것이 있어서, 나를 마음대로 굴려 가는 것을 생각하는 것인데,/이렇게 하여 여러 날이 지나는 동안에,/내 어지러운 마음에는 슬픔이며, 한탄이며, 가라앉을 것은 차츰 앙금이 되어 가라앉고,"(백석, 「남신의주 유동 박시봉방」) 어떤 것은 일기가 되고, 어떤 것은 편지가 되고, 어떤 것은 시가 되었다. 쓰고 지우고 버리고를 반복하였다.

하루는 재래시장 좌판의 고등어를 보고, 또 하루는 일기예보를 듣고, 또 하루는 지도를 더듬어 보고, 또 하루는 쇼팽을 듣고, 또 하루는 동판화를 들여다보았다. 내가 감지하지 못한 세계들이 서서히 열리기 시작하면서 마음이 많이 진정되었던 것 같다. 마음이 가라앉으면서 다시 학교에도 나가고, 스터디도 하고, 세미나도 하고 그랬다. 여전히 읽고 쓰는 사람들이 내 곁에 있었고 다들 그와 같은 짐을 지고 살아갔다. 별것도 아닌 일에 절망했던 것이 부끄러웠고, 죽고 사는 문제를 생각했던 것이 민망하여 그런 이야기는 더 이상 하지 않기도 마음먹었다. 그저 하루하루 주어지는 일상을 무심하게 살아가는 방법을 배워갔다. 그리고 금세 제자리로 돌아온 나 자신이 쪽팔려서 울었다. 울고 나서도 계속 시를 썼다. 의외로 밝고 명랑한 목소리들이 나왔다. 그 목소리들이 나를 다시 살게 한 것 같다. 알 수 없는 나와 대면하는 일들이 그때부터 시작되었고, 그 일에 나는 차츰 빠져들었다. 생각해보니 어릴 때부터 나는 잘 알 수 없는 구절들에 빠져드는 즐거움에 취해 있었던 것 같다. "타고 남은 재가 다시 기름이 됩니다.//그칠 줄 모르고 타는 나의 가슴은 누구의/밤을 지키는 약한 등불입니까."(한용운,「알 수 없어요」)

본래 직관적인 앎에 의존하는 편이었고, 예민하고 사교성이 적고 수줍음이 많은 성격이었다. 고집스럽고 질겨서 타협할 줄을 잘 몰랐다. 부모님도 그런 내게 큰 기대가 없어 하는 대로 내버려두었다. 하고 싶은 것을 하면서 큰 문제를 일으키지 않았으니 두고 보셨던 것도 같다. 그만한 거리에 자식을 두는 것이 대단히 어려운 일이라는 것을 이제야 알겠다. 가족과 이웃과 친구들이 내게 취하는 거리가 나는 좀 불안하고 불편하고 외로웠던 것도 같다. 누구도 내게 가까이 다가와 붙들어주지 않았다. 가까이 다가오면 내가 피하고 도망간 것도 같다. 내게 다가왔던 사람들, 멀어져 간 사람들이 나는 참 고맙게 생각된다. 여전히 곁에서 함께 늙어가는 사람들이 있으니 그것 또한 행운이다. 고집스럽고 포기를 모르는 남편과 아이들이 아니라면 또 대체로 살기 어려웠을 것이라는 생각도 든다. 마흔이 되면서는 내 인생에서 나의 자리는 별로 없다. 늙고 병든 부모님을 바라보며, 무섭게 자라는 아이들을 돌보며 계속 글을 쓰는 것이 어렵다. 각박한 사회 분위기와 어이없는 정치 행태들, 반복적이고 우울한 사건들 속에서 글을 쓰는 것이 죄를 짓는 것 같은 기분이 들기도 했다. "문을 암만 잡아다녀도 안 열리는 것은 안에 생활이 모자라는 까닭이다. 밤이 사나운 꾸지람으로 나를 조른다."(이상, 「가정家庭」)

주변 사람들을 둘러보고 다른 삶을 관찰하게 된 것은 아마도 그쯤이었던 것 같다. 지하철에서 고개를 떨구며 졸고 있는 남자들, 아파트 화단에 간이 온실을 만들어 국화를 가꾸는 할머니, 산책로에 버려진 분홍 땡땡이 팬티, 민망한 쫄쫄이를 입고서 자전거를 타는 중년들, 요란한 음악에 맞추어 살을 털어내는 아줌마들을 보며 이 삶의 결들에 대해 생각해보게 되었다. 맥락 없이 상대방을 고려하지 않고 계속 떠들어대는 택시 기사들, 울며 어딘가로 서둘러 뛰어가는 여인들, 갑작스럽게 죽어가는 사람들, 죽지 못하고 오래 고통 받는 사람들, 사고도 판단도 감정도 불확실한 유령들. 이 세계는 언제나 찢겨 있고 언제나 피 흘리고 있다. 그 모든 상처와 고통들을 두 손으로 받쳐 들 수가 없다. 그 불가능성에 대한 기록이라면 어떤가. 무능력과 피로가 아니라면 시를 쓰는 일이 어려웠을지도 모르겠다. 무지와 오해가 아니라면 사는 일이 불가능했을지도 모르겠다. "요강, 망건, 장죽, 종묘상, 장전, 구리개 약방, 신전,/피혁점, 곰보, 애꾸, 애 못 낳는 여자, 무식쟁이,/이 모든 무수한 반동이 좋다"(김수영, 「거대한 뿌리」)

학생들과 시와 자연에 대한 수업을 진행하였다. 시에 나타난 생태학적 상상력을 이야기하는 것에 학생들은 큰 관심을 보이지는 않았다. 군이 생태주의를 이야기하지 않아도 좋은 작품들은 좋은 작품들이었다. 열 명의 시인보다 두 명의 그린피스 활동가가 이 세계에 필요하지 않느냐는 학생의 질문이 들어왔다. 그럴 것도 같다고 대답했지만 말이 거기서 끝나지는 않았다. 환경 파괴나 전쟁과 폭력, 기아에 맞서 봉사 활동을 하는 것만이 실질적인 움직임이라고 규정한다면, 그것만이 실천적 삶으로서 의미가 있는 것이라면 너무 한정적인 것 같다. 빈민가의 아이들에게 식량만 필요한 것은 아니므로. 굶주린 아이들에게 굶주림을 해결할 수 있는 한 달 치의 식량이 주어진다면 두 달째의 삶은 어떻게 할 것인가. 1년치의 구호식량이 그들에게 의미가 있으려면 다음 2년째의 삶을 구상할 수 있는 생의 의지와 활력, 아직 이 세계가 살만한 가치가 있다는 것에 대한 믿음과 신뢰를 주어야 할 것이다. 실제 빈민구호 활동가들이 예술 교육을 한다는 이야기를 들은 적이 있다. 노래를 부르거나 악기 연주를 배우는 것, 벽에 그림을 그리는 것이 그들의 살과 피가 되는 일은 아니지만 그들의 마음과 정신을 키우는 일이라면 여전히 그것은 중요하다. 시를 읽고 쓰는 자리도 비슷할 것이다.

학대와 살상은 이 세계에서 아직 끝나지 않았다. 종교와 인종 분쟁을 포함하여 폭력은 영원히 멈추지 않을 것이다. 그러한 거대 사건보다 일상을 지배하는 억압과 사회 시스템의 거대한 벽, 차별과 배제의 논리는 개인이 맞서기 어려운 문제다. 언어의 실천적 힘을 그 거대함과 완고함에 맞서는 하나의 가능한 태도로 규정하는 것이 어떨까 싶다. 이 세계에는 고통과 맞서 싸우는 사람이 있고, 불합리를 고발하는 사람이 있고, 모순 속에서도 전환의 가능성을 꿈꾸는 사람이 있고, 익숙하고 안온한 삶의 껍데기를 벗겨내고자 하는 사람이 있다. 불가능함을 변혁의 가능성으로 삼아 새로운 자리를 꿈꾼다면 그것이 바로 시적이라 불릴 만한 것 같다. 그 자신을 포함하여 우리를 바로 바라보는 능력이야말로 지금 이 시대에 가장 필요한 능력인지도 모르겠다. 자신의 능력을 경제적 가치로 환원하느라 패배와 절망을 모르는 젊음이라면 그 안에서 새로운 호흡과 리듬을 발견하기 어려울 것이다.

반발력과 불순함까지를 발전의 자양으로 삼는 성숙한 사회가 멀기는 하지만 말이다.

아는 것, 보이는 것, 느끼는 것의 얼마만큼을 말과 언어로 표현할 수 있는가? 침묵이 항상 더 많은 진리를 보유하고 있겠지만 말하지 않을 수 없을 때 시는 써진다. 시적인 중얼거림은 독백처럼 읽힐 때가 많지만 사실은 많은 경우 대화이다. 무엇과 어떻게 대화하고 있는가가 시의 방법이 될 것이다. 일단 속도를 늦추거나 멈추어야 하고 물음표를 달고 더 듬거려야 한다. 과거의 기억과 현재의 감각과 미래를 향한 예견이 뒤엉켜 있으니 쉽사리 해결되지 않고 대답을 잘하기도 어렵다. 2미터짜리 산 갈치는 비싼 가격에 팔릴 테지만 꿈에 나온 산 갈치는 이러지도 저러지도 못하고 서 있는 나의 모습을 반추해보게 한다. 조개가 진주를 품고 있듯이 내 입안의 이물질을 잘 뱉어내는 서글픔이 작품이 되기를. 누군가에게는 다시 살아가게 하는 힘이 되기를. 그러나 내 말의 주인은 내가 아니다. 무수한 나를 이끄는 언어의 관대함. 언어는 물렁물렁한 나를 주무르고 나는 기쁘고 즐겁다. 내가 나를 벗어날 수 있는 기회와 가능성이 거기에 놓여 있어서 내 안에 숨 쉬는 타자들의 향연. 그것이, 그들이 아니었다면 정말로 나는 불가능했을 것이다.

　나는 근사한 시론을 모르고 내가 시를 만난 한 경로를 알 뿐이다. 기억을 되돌려 지루한 고백을 하는 것은 무능력하고 볼품없는 누군가에게도 기회가 오고, 주변의 사람들이 도와주면 그래도 살 만해지고 시 같은 것도 쓸 수 있다는 사실을 말함으로써 누군가에게 조금 용기를 주고 싶다. 세상은 딱하고 개인은 불행하지만 조그마한 의지와 선행이 우연히 만나 한 삶을 문학적으로 이끌어 가기도 하는 것 같다. 개인적 절망이든 사회적 혁명의 실패이든, 시는 "실망의 가벼움을 재산으로 삼을 알"(김수영, 「그 방을 생각하며」)게 해주는 데 그 의의가 있는 것 같다.

　　꼭 쥔 손에 아무것도 없이
　　나는 차갑게 식어간다
　　끝내 잊지 못할 것이 있다는 듯이
　　허공을 더듬는다

　　종이비행기는 가볍게 날아가다가
　　툭 떨어진다

쉽게 뒤집혀진다
계절의 변화처럼
중요하거나
중요하지 않은 일들

그것을 너의 존재라 할까
나의 가벼움이라 할까
차가운 입술로 뜨거운 말을 전하는 봉투
뒤통수가 없는 표정으로 열렬한 메모들

내가 멀리 네 꿈속까지 날아가고
네게는 죽은 내가 한심하다
아직 태어나지 못한 글자들을 생각하며

나는 구겨진다
나의 이름은 너의 이름 뒤에 온다
발을 절뚝거리며
땀을 흘리며

—「파지의 온도」

3부 인용시 수록지면

○ 이근화, 『칸트의 동물원』, 민음사, 2006
「본 적 있는 영화」「멍든 자국」「크래커 데이즈」「이중 모션」「철의 장막」
「유리문 안에서」「식사 시간」「이상한 각도」

○ 이근화, 『우리들의 진화』, 문학과지성사, 2009
「고방 카스텔라」「옛날 버터 케익」「고양이 불필요」「마로니에」「목요일마
다 신선한 달걀이 배달되고」

○ 이근화, 『차가운 잠』, 문학과지성사, 2012
「나의 밀가루 여행」「차가운 잠」「빵 이외의 것」

○ 이근화, 『내가 무엇을 쓴다 해도』, 창비, 2016
「태극당 성업 중」「집은 젖지 않았네」「내 죄가 나를 먹네」

4부

슬픔이라는
두툼한 장갑

속옷 차림으로

사진 한 장을 들여다본다. 퀭한 눈과 푹 꺼진 눈 밑, 돌출
된 입과 광대뼈가 김수영을 확실히 시인으로 보이게 한다.
매우 예민하고 신경질적이었을 것 같다. 그런데 '난닝구'를
입고 찍은 사진이다. 어쩐지 재밌고 잘 어울린다는 생각이
든다. 수없이 많은 이 땅의 아버지들이 그러하듯 러닝셔츠는
일상복이라고 할 수 있다. 생활 시인으로서의 김수영의 면모
가 사진에서 드러난다고 해야 할까. 길거리에서 우산대로 여
편네를 때려눕혔다는 시(「죄와 벌」)를 보면 그가 신사다웠을
거라는 생각은 들지 않는다.

1962년 8월로 시작試作 연월이 적혀 있는 김수영의 시

「파자마 바람으로」는 "이렇게 돼서야 고만이지 / 어떻게든지 체면을 차려 볼 궁리 좀 해야지"라는 구절이 반복된다. 파자마 바람으로는 체면이 서지 않는 상황이 그려지는데 순경을 만나서도, 닭 모이를 주러 가서도 그렇다. 번역 일을 하는 자신의 약력에 대학 중퇴가 대학 졸업으로 오식이 되어 나오는 것도 어쩌면 체면의 문제인지도 모르겠다고 말한다. 아내가 던져주고 간 일본 잡지에 수록된 김소운의 수필을 읽어보니 자신이 읽고 있었던 프레이저 시론은 "송충이처럼 꾸불텅거리면서" 지겨워 보인다고 고백한다. 김수영에게 체면을 차려 볼 궁리는 왜 필요했을까. 난닝구 바람으로 사진도 찍을 수 있는 일상의 시인에게 진정한 체면이란 무엇이었을까.

。

먼저 체면이 이래저래 구겨진 인물들이 서로의 고통과 상처를 겨누고 있는 영화 한 편으로 얘기를 시작해보려고 한다. 보 비더버그 감독의 「아름다운 청춘」(1995)은 성장영화이다. 1943년 스웨덴의 작은 도시 말뫼의 고등학교를 다니는 한 소년(스티그)의 성장기를 다루고 있다. 새로 부임한 여

교사(비올라)와의 부적절한 관계와 그녀의 남편(프랭크)과의 이상한 우정, 입대한 형(시게)의 죽음 등이 2차 세계대전을 배경으로 그려진다. 비올라는 출장 다녀온 남편 프랭크의 불륜(차 뒤에서 발견된 다른 여자의 스타킹 밴드로 알게 된)을 용서하지도 못하고 그런 남편과의 삶을 거부하지도 못한 채 비정상적 생활을 이어나간다. "있어서는 안 될 자리에 있"는 것은 스타킹 밴드만이 아니다. 교사 비올라의 집에 그녀의 학생인 스티그가 찾아와 머물고는 한다. 비올라 역시 자신의 어린 제자와 육체적인 관계를 맺는 파괴적 욕망에 끌려다닌다. 그런데 이들의 파행은 개인적인 일탈의 문제로만 한정되지 않는다. 그들의 어긋난 관계와 이후 벌어지는 사건들은 인간 사회에 만연한 폭력과 그것에 어떻게 저항할 수 있는가의 문제를 제기하는 것처럼 보인다.

프랭크는 술과 음악에 빠져 있다. 아내의 외도를 모른 척하고 심지어 아내의 어린 정부 스티그와 이야기를 나누며 함께 클래식 음악을 즐기기도 한다. 프랭크와의 대화와 음악 감상은 스티그에게 성적인 환상에서 벗어나 내면의 소리에 귀 기울이도록 해준다. 비올라의 아름다운 목선과 치마 속의 흰 다리, 줄줄이 달려 있는 단추를 훔쳐보는 일이 성적 욕망을 불러일으키고 이 시각적 환상이 진정한 관계를 은폐하는 속성을 가졌다면, 소리와 음악으로 대표되는 청각적 환상 속에서 스티그는 타인을 이해할 수 있게 된다. 대화와 음악 감상을 즐기는 두 남자, 즉 비올라의 남편 프랭크와 비올라의 정부 스티그의 얼굴이 여러 차례 교차 편집된다. 그러나 음악 자체가 교량과 매개의 역할을 할 수는 있어도 그들의 문제를 궁극적으로 해결해줄 수는 없는 것 같다. 개인의 성적 일탈과 전쟁의 공포는 함께 그려진다. 차이코프스키의 선율이 히틀러의 목소리와 함께 울려 퍼진다. 비올라의 왜곡된 욕망과 스티그의 미숙한 성 정체성, 프랭크의 방관적 태도는 나치즘 폭력과 어느 정도의 거리에 있는 것일까. 개인의 고통을 집단적 광기와 견줄 수는 없지만 정확히 그것들을 분리해내기도 어려운 것 같다. 전체주의의 폭력성과 차별적 메커니즘은 교실 안의 아이들의 놀이와 대화에서도 그대로 실현된다. 껌을 돌려 씹거나 비밀 쪽지를 돌리며 아이들은 사회의 그늘까지도 내면화해간다. 음모 재기 놀이를 하며 유대인을 폄하하는 발언을 아무렇지도 않게 내뱉는다. 교실은 사회의 축도이며 아이들은 세계를 그대로 재현한다. 전쟁터가 아닌 일상 속에서도 폭력은 난무하며 인간들이란 언제라도 바닥에 닿을 준비가 되어 있는 것처럼 보인다. 그리고 전쟁은 죽음의 얼굴을 불쑥 내민다.

잠수함 울프호가 침몰하게 되고 스티그의 형 시게의 사망 소식이 전해진다. 폐쇄공포증과 체중 초과, 권투 시합 등의 난제를 극복하고 승선 자격시험에 합격한 시게에게 죽음이 커다랗게 입을 벌리고 있었던 것이다. 당시 전쟁이라는 사회적 배경과 관습적으로 부과되어온 남성성, 군인 정신 등이 시게에게는 죽음의 통로가 된 셈이다. 잠수함 승선이 아니더라도 삶은 입 벌린 '늑대'의 형상을 하고 있으며 우리는 매 순간 죽음의 위협에 직면에 있기는 하지만 말이다. 아들의 장례식을 마치고 돌아오는 길에 아버지는 달리는 기차의 맨 뒤 칸으로 나가 울면서 찬송가를 부른다. 그것은 노래를 부르는 것이 아니라 절망을 견디기 위해 소리를 지르는 것처럼 보인다. 아들의 죽음을 현실로 받아들이고 다시 살아가야만 하는 아버지의 절규는 압도적인 기차 소리에 지워진다. 화해 불가능한 죽음, 치유받지 못할 상처를 남긴 채 전쟁은 계속되고 기찻길은 끊임없이 이어진다. 스티그는 형이 죽고 잠수함 울프호의 잔해를 보도하는 뉴스를 극장에서 계속 반복하여 본다. 그렇게 여러 차례 반복하여 보지 않아도 그 사건은 스티그에게 영원히 지워지지 않을 것이다. 스티그의 성장은 왜곡된 욕망과 성적 일탈, 전쟁이 가져다준 죽음과 상처를 통과하지 않으면 불가능한 것처럼 보인다.

일련의 사건들을 겪으며 스티그는 비올라에게서 벗어나고자 하지만 비올라는 의도적으로 스티그를 진급시키지 않는다. 결국 스티그는 학교를 떠난다. 학교 정문의 아치에는 다음과 같은 경구가 쓰여 있다. "하나님을 두려워함이 모든 지혜의 근원이다." 그러나 스티그는 두려움을 통해서가 아니라 파행과 위반을 통해서 배움에 이르게 된다. 내면을 억압하는 것으로부터 배움에 이른다는 점에서 위의 경구는 역설적으로 옳은 것 같기도 하다. 영화의 후반부에서 학교 운동장에 조그만 사건이 벌어진다. 엔진 고장으로 위험스럽게 선회하던 비행기가 운동장에 기름을 쏟아놓고 누군가 거기에 불을 붙인 것이다. 아이들은 놀라서 달아나고 운동장은 순식간에 불타오른다. '눈 쌓인 운동장'은 '불타오르는 운동장'으로 변하고 학교를 떠나는 스티그는 이전의 자신으로 되돌아갈 수 없음을 느끼며 성장기의 한 시절을 마감하게 된다. 불타버린 골대는 목표 상실을 암시해주는 것이 아닐까. 스티그는 폐허 속에서 자신의 인생을 새로 개척해야 할 시점에 서게 된다. 청춘은 '아름다운' 것이 아니라 '가혹한' 것인지도 모른다. 그가 새로 배워야 할 것이 무엇인지 쉽게 가늠하기 어렵다.

영화는 성장과 죽음, 폭력의 문제를 다루며 '언어'와 '책'에 주목한다. 낱말의 뜻을 가르쳐주거나 잘못된 말을 바로잡는 등장인물 간의 대화 속에서 그들의 억압된 욕망과 콤플렉스가 표출된다. 퍼즐 맞추기나 단어 놀이를 통해 사건의 암시가 이루어지기도 한다. 친근감이나 적대감 역시 언어의 문제로 그려진다. 언어는 소통의 매개가 되기도 하고 차별의 근거가 되기도 한다. 스티그가 학교를 떠날 때 교실에 몰래 숨어 들어가 훔쳐 나오는 것이 바로 책과 사전이다. 이제 그는 스스로 알아서 모든 것을 새로 배워야 할지도 모르겠다. 상처 받은 프랭크는 자주 공평함에 대해 이야기하는데 무너진 자들에게 공평함이란 가혹한 잣대에 불과하다. 그들은 모두 자신의 고통이 상대방에게 그대로 흘러가도록 방치함으로써 또 다른 상처를 낸다. 이 반복을 멈추고자 하는 의지를 언어의 안팎에 자리 잡게 할 수 있지 않을까. 호명과 제의는 언어의 가장 기본적인 속성 중에 하나라고 할 수 있다.

그런데 영화를 보는 내내 장면 여기저기 널브러져 있는 속옷과 수건이 시선을 불편하게 한다. 사건의 진행을 암시하기도 하고 파행적인 관계가 인물들에게 남길 흔적을 지시하는 것처럼 보이기도 한다. 프랭크가 술을 가져오는 집에 널려 있는 속옷에는 체액이 묻어 있으며, 프랭크 앞에서 속옷 차림으로 거짓말하며 머뭇거리는 스티그는 불안함 때문에 손에 든 수건을 만지작거리다가 떨어뜨린다. 그 밖에도 속옷이나 수건이 항상 인물 주변이나 인물들 사이에 배치되어 있다. 결코 일어나서는 안 될 일, 만나서는 안 될 인물들 사이에서 그것들은 부적절하게 놓여 있다. 구겨지거나 더럽혀진 천 조각들은 무엇인가 심각하게 어긋나 있어서 바로잡기 어려운 사건이 불러일으키는 불행을 암시해준다. 선생이나 제자로서도, 아내나 남편으로서도 그들은 모두 제자리에 있지 못하다. 들끓는 욕망을 잠재우지 못하고 파행적인 관계를 맺는 인물들의 어두운 내면이라고 할 수 있을 것 같다. 문제는 이 그림자들이 끈질기게 우리를 따라붙은 채 좀처럼 놔주질 않는다는 점이다. 부적절한 관계 맺음이나 여기저기 드러나는 속옷, 공정함을 이야기하는 대사 때문인지 나는 자꾸 영화 속에서 지금 여기 우리의 모습을 떠올리게 된다.

○

트렁크 팬티 차림으로 황급히 구조선에 오르는 선장의 모습은 오래 잊지 못할 것이다. 너무나 쉽게 다른 사람들을 등진 한 인간의 얼빠진 모습에서 무엇을 보았던 것일까. 있어야 할 자리에 그는 있지 못했다. 나약하고 비겁하고 도의에 어긋난 모습이라는 해석은 이후의 문제일 것이다. 그런 의미를 찾아가기 이전에 고통을 예고하는 민낯에서 충격을 받았던 것인지도 모르겠다. 속옷 차림으로 배를 떠난 선장의 이미지에서 어떻게 벗어나야 하는 것일까. 한 목숨과 여러 목숨을 견주며 비판하는 일이 우리를 위로해주지는 못한다. 수많은 사람들을 태운 채 배가 가라앉았는데 누구도 사건의 정황을 분명하게 알 수 없고, 은폐된 진실은 많은 사람들을 절망하게 했다. 잘못된 보도와 어처구니없는 상식이 상처를 부추기는 역할을 했다. 어떤 위안도 우리를 제자리에 돌려놓기 어려운 상황이다. 아무도 잊지 못하는 사건임에도 불구하고 잊히는 것이 우리를 두렵게 한다. 그것이 자주 우리의 역사 속에서 반복되었던 까닭이다. 한 사람의 잘못이 아닌 우리 사회 전체의 문제라는 반성도 허구적이고 체념적으로 느껴진다. 누가 무엇을 어떻게 기억해야 하는지, 시간의 변화에 따라 기억은 어떻게 왜곡될지 쉽게 가늠할 수 없다. 우리의 고통에 대해 복수 불가능한 삶이 계속되고 있지만 많은 사람들이 여기저기서 가능한 노력을 기울이고 있을 것이다. 우리는 바다 앞에서 지속적인 불행과 대면해야 할지도 모르겠다. 남녀노소를 불문하고, 빈부귀천을 막론하고 모든 인간이 죽음에 이르는 것은 공평한 듯 보이지만 어떤 죽음은 공정하지 못하다. 우리 사회는 자주 '죽은 자는 말이 없다', 로 사건을 처리하려 한다. 그리고 아직도 분단 상황에 쉽게 기대는 것 같다. 단지 북쪽을 바라보게 함으로써 불안을 조장하고 입막음하려는 심사는 얼마나 낡고 지루한지. 자유 평등 평화 박애 희망, 어느 것도 쉽지 않을뿐더러 자주 그것들이 우리의 입을 막고 발목을 묶는 데 사용된다.

오늘도 천변에 자전거 클럽이 지나간다. 하늘색 운동복을 맞춰 입고 일렬횡대로 늘어서서 자전거 바퀴를 굴려 간다. 드문드문 핀 벚꽃이 대낮인데도 환히 등을 켠 것처럼 보인다. 무리를 이끄는 자전거 주자가 간간이 부는 호각 소리가 들려온다. 한가한 봄날의 풍경이 위로가 되지 않고 거기서 불안을 읽을 수밖에 없다. 나는 어쩌면 현실을 보정할 수 있는 이미지를 계속해서 찾고 있는 것인지도 모르겠다. 그러나 그것은 밖에 있을 리 없다. 마음속 거울이 얼룩져 있어서 쉽지가 않다.

○

김수영의 시 「죄와 벌」 1연은 이렇게 시작된다. "남에게 희생을 당할 만한 / 충분한 각오를 가진 사람만이 / 살인을 한다" 화를 참지 못하고 길거리에서 아내를 때려눕혔던 일을 집에 돌아와 회상하면서 아는 사람이 혹시 보지는 않았는지 마음이 쓰인다는 내용이 담겨 있다. 우산을 범행의 현장에 버리고 온 것이 그보다 더 아깝다고 말하기도 한다. 그런 일상의 자질구레한 사건을 시의 전면에 내세워 '죄와 벌'에 대해 이야기하면서 김수영은 자신의 나약하고 비겁한 내면을 조롱하고 꾸짖는다. 왜 초라하고 부끄럽지 않았겠는가. 김수영은 자주 분단 상황과 독재정치에 치를 떨며, 일본 식민문화의 잔재와 만연한 미국식 문화에 대해 조롱하였다. 그런데 생활 속에서 자신도 굴레와 억압에서 벗어나고 있지 못하고 있음을 자주 고백하였다. 모든 사람이 시를 써야 하는 것도,

시인처럼 반성해야 하는 것도 아니지만 자신을 타자화하고 내면을 들여다보는 일이 필요한 것 같다. 자주 들여다보면서 하지 말아야 할 일, 할 수 없는 일, 도저히 그럴 수 없는 일에 대한 경계와 규율을 내 것으로 삼아야 하지 않을까. 제발 우리에게 선의지善意志가 있다고 가정해보자. 없다면 발견해서라도 그것을 갖도록 해보자.

아이들이 화분을 쓰러뜨리고 흙을 파먹고 야단인데 남편은 부지런히 봄꽃을 사다 나른다. 피고 시들기를 반복하는 꽃을 바라본다. 마음이 자주 흐트러지고 봄인데도 춥다. 나 역시 선의와 상식을 잊고 있는 것은 아닌가 생각해본다. 습관적인 것이라 할지라도 애써 친절한 사람이 되어야겠다고 마음먹는다. 문득 「도솔가」가 생각난다. 하늘에 해가 둘이 나타나 월명사가 지어 불렀다는 향가 말이다. 정중하고 곧은 마음으로 산화공덕散花功德하는 마음이란 무엇일까. 도솔천의 미륵보살을 모셔야 하는 상황이란 무엇일까. 많은 사람들이 물에 빠져 죽었으니 산 자의 가슴에 불이 이는 것은 어쩌면 당연한 일인지도 모르겠다. 기도하는 마음으로 거리에 리본이나 편지를 매다는 일, 시나 노래를 지어 부르는 일이 모두 그와 같지 않을까.

아는 선생님이 새 시집을 보내주셔서 감사 메시지를 보냈는데 며칠 후 답장이 왔다. '지치지 말고'라는 글자가 눈에 들어와 박혔다. 나는 매일 조금씩 지쳐가는지도 모르겠다. 그렇지 않기 위해 매 순간 특별한 노력이 필요한지도. 폭력과 억압에 저항하는 일이 무력감과 허무를 떨치는 일과 다르지 않게 느껴진다.

불안한 페이지

당신의 사진은 안녕하십니까

어쩌다 다른 사람들의 핸드폰을 건너다볼 때가 있다. 상대편에서 먼저 보여줄 때도 많다. 여행지의 멋진 풍경들, 재밌고 신나는 체험의 순간들, 활동과 교류의 시간들, 새로운 물건과 맛있는 음식들이 찍혀 있다. 아이들 모습이 찍혀 있는 것을 보면 빙그레 웃음이 난다. 셀카로 찍은 자신의 사진도 대부분 몇 장씩 가지고 있는 것 같다. 언제라도 사람들은 디지털 사진을 휘리릭 넘겨 본다. 뉴스와 각종 정보 역시 대부분 영상을 통해 쉽고 빠르게 받아들이는 것 같다. 쉬지 않고

나와 남을 '보는' 것은 즐거움인가, 괴로움인가. '보이는 것'
에는 어쩔 수 없이 이미지가 들러붙게 된다. 지나치게 노골
적이고 과장되고 선정적인 것들이 눈에 띄게 많다. 나는 어
떤 국면에 이르면 아직도 어색하여 눈 둘 곳을 찾기 어려울
때가 있다. 속내가 좁고 고리타분한 까닭이다. '몸'을 바라보
는 시선과 바로 그 '몸' 앞에서 더욱 그렇다. 왜 우리는 누군
가의 몸을 훔쳐보며 즐거움/괴로움을 느끼는 것일까. 특히
어린 몸, 여성의 몸, 잘 단련된 몸은 언제 어디서라도 환영받
는다. 젊음과 아름다움, 건강성에 대한 시선의 쏠림은 노화
와 죽음에 대한 저항으로 본능적인 것이기도 하지만 이 시
대는 그 이상인 것 같다. 경기 침체와 저성장, 부자유와 불평
등에 대한 불만 때문이 아닐까. 두려움은 대상을 필요로 하
는 법이니까. 주름지고 살지고 병든 몸, 초라하고 궁색한 스
타일이 죄가 되는 시대에 살고 있는 것이다. 이미지가 시선
을 가두는 감옥이라면 몸은 '나'를 가두는 감옥인 것처럼 느
껴진다. 옷 좀 사 입어라, 몸 좀 가꿔라, 하는 말들은 신경질
좀 죽여라, 화 좀 내지 마라는 요구만큼이나 내가 자주 듣는
말이다. 시선 밖으로, 몸 밖으로 탈출하는 것은 불가능할 것
이다. 불현듯 나는 인간의 본능과 이 시대의 삶이 요구하는

스타일에 저항하고 싶다는 생각이 든다.

국경 너머, 취한 말들을 위한 시간

바흐만 고바디의 「취한 말들을 위한 시간」(2000)은 이라크 국경의 쿠르드족 마을, 바네에서 살아가는 한 가족의 이야기를 담고 있다. 어머니는 막내를 낳다가 죽었고 아버지 역시 밀수를 하다가 지뢰를 밟아 죽게 된다. 영화는 남겨진 다섯 형제자매가 꾸리는 삶을 조명하고 있다. 설원과 황무지는 거기에서 살아가는 인간의 '몸'을 주목하게 만든다. 어린 아이들은 조그만 손으로 노동을 한다. 시장에서 물건 포장을 하거나 국경 지대에서 짐을 나른다. 생계를 잇기 위한 활동에서 어른과 아이의 구분은 거의 없다. 조금이라도 일거리를 더 얻기 위해 아이들은 싸우기도 한다. 이 영화의 사실성에 동심이나 순수함을 개입시키기 어렵다. 우리에게 익숙한 계몽의식이나 자본주의적 시선으로 정리하기 어려운 면들이 있어서 섣불리 그들의 몸에 대해 이야기하기 어렵다. 특히 난치병(저성장증)을 앓고 있는 '마디'의 몸을 볼 때 그런 생각이 든다. 마디의 실제 나이는 열다섯이지만 겨우 서너 살 먹은 어린아이 정도의 몸을 갖고 있다. 약봉지조차 들 힘이 없어 질질 끌고 다닌다. 로진과 아윱, 아마네는 아픈 마디를 그냥 그대로 받아들인다. 그들에게 희생이란 관념은 없다. 영화의 어디에도 그들은 마디의 존재를 부끄럽게 생각하거나 불행을 느끼지 않는 것처럼 보인다. 자신의 행동에 대해 반성하지도, 삶에 대해 회의하지도 않는다. 종종 뜻이 맞지 않아 충돌할 때조차도 상대방의 뺨을 후려갈기고 그걸로 끝이다. 이 영화는 감동을 위해 형제애나 가족애를 강조하지 않는다. 해석을 떼놓고 삶을 '그대로' 보여주고자 한다는 점에서 이 영화는 오히려 과격하다고 해도 좋을 것이다.

　카메라는 종종 영화 바깥의 관객의 시선을 공격하는 것 같다. 잘 단련된 보디빌더의 모습을 물끄러미 바라보는 마디의 작고 여린 등짝을 보여주거나 노새에 짐짝처럼 대롱대롱 매달린 마디의 우스꽝스러운 모습을 비출 때 당신은 이 몸을 어떻게 볼 수 있는가, 묻는 것 같다. 불편하고 어지럽다. 기이하지만 자연스럽게 인정되는 육체 앞에서 우리가 신체에 갖는 부끄러움의 감정을 들추어낸다. 근대사회에서 '병'이 예술적 양식과 결합하여 메타포로 작용하거나 정상과 대립되는 차별화된 코드로 이용되고 있다면 그런 의미에서의

'병'은 이 영화에 존재하지 않는다. 그러나 어쩌면 많은 곳에서의 삶이 그랬던 것처럼 보디빌더의 세계가 자연스럽게 침범할지도 모르겠다. 자본과 영어를 앞세우고 말이다. 우리는 평균적인 행복과 안락함을 위해 너무 쉽게 그 세계를 받아들인 것은 아닌가. 공부를 열심히 하는 똑똑한 여동생 아마네에게 그 세계는 가장 먼저 다가올 것이다. 영화가 아마네의 내레이션으로 시작되는 것 역시 그러한 불안함을 가중시킨다. 변화는 환영받을 만한 것인가 묻게 된다. 우리는 한 세계가 다른 세계를 침범하고, 무너뜨리는 야만을 너무나 많이 목격하였다.

아웁은 마디의 수술을 위해 국경 너머 노새를 팔러 떠난다. 또다시 도적 떼가 나타난다. 너무 많이 마신 술 때문에 취해버린 노새는 도적 떼를 피해 도망가지 못하고 쓰러져버린다. 엄청난 추위와 고된 산행을 견디게 해줄 술이 오히려 모든 일을 허사로 만들어버릴 위기로 몰아간다. 취한 말들의 시간은 어떤 방식으로 흘러간 것일까. 영화의 마지막 장면에 마디를 업은 채 노새를 끌고 국경을 넘는 아웁이 다시 등장한다. 철조망을 넘으며 고삐를 잡아끄는 아웁을 보여주며 영화는 끝난다. 노새를 팔아 마디를 수술시켰는지, 마디의 고통은 줄어들었는지는 남겨진 서사에 속한다. 희망을 이야기할 근거는 영화 속에 좀처럼 주어지지 않는다. 그러고 보니 이 영화에서 카메라는 대부분 '가다'라는 행위를 보여주는 데 사용되었다. 어른들은 밀수하러 국경 지대로 가고, 아이들 역시 노동하러 시장에 간다. 그 '가다'를 보는 사람은 너무 쉽게 '하다'로 바꾸어버리는 경향이 있다. 무엇을 어떻게 왜 하는지 자꾸 생각하다 보면 뭔가 이유와 원인을 찾고 싶어진다. 그러한 해석의 욕망을 까발리고 비웃으려는 듯이 감독은 '길고 오래' 길을 조명한다. 화면을 가로지르는 길의 '고된' 각도를 보고 있으면 술 취하지 않고서는 그 길을 감당하기 어려울 것 같다.

엄마가 아프다

아이들은 「이웃집 토토로」(1988)에 나오는 고양이 버스와 먼지 벌레를 무척 좋아한다. 씨앗에서 싹을 틔우고 단숨에 크게 자라게 하는 토토로의 쭉쭉이 팔 동작을 따라 하고, 토토로가 괴물 소리를 내며 몸에 매달린 빗방울을 털 때도 매번 놀란다. 비 오는 어느 날 사쓰키와 메이 자매는 버스 정류장에서 아빠의 퇴근을 기다리다가 우연히 토토로를 만나게 되는데 선선히 우산을 건네준다. 토토로의 큰 몸을 가리기에는 너무나 작은 우산이지만 그들은 친구가 되고 도토리를 선물로 받게 된다. 토토로의 크고 폭신한 몸에 매달려 날아오르는 자매들을 보면 사람들이 생각하는 모성이라는 것이 저런 것이 아닐까, 하는 생각을 하게 된다. 숲의 정령을 만나게 되는 내밀한 즐거움에 눈뜨고, 어려움(동생의 실종)을 해결하는 이야기에서 엄마의 위치는 의미심장하다. 트럭을 타고 시골로 이사 가는 첫 장면의 등장인물은 아빠와 자매들뿐이다. 엄마가 없다. 엄마는 도시의 큰 병원에 입원 중이다. 좀 아픈 것 같다. 엄마의 부재 속에서 사쓰키와 메이는 먼지벌레를 쫓아다니고 토토로를 만나고 고양이 버스를 탄다. 엄마가 있었다면 불가능한 일이지 않았을까. 엄마들은 한없이 자애로울 수만은 없을 것이다. 물론 만화 속의 아픈 엄마는 부드럽고 이해심이 많은 것처럼 보이기는 하지만. 「이웃집 토토로」를 보고 나서 우리 집 아이들은 엄마가 아프다는 것을 자연스럽게 이해할 수 있게 된 것 같다.

누구나 몸이 있고 모두가 아프다. 병도 스타일과 유행이 있으니 어디가 아프고 싶은 것인지도 모르겠다. 일곱 살 큰

딸아이가 나를 흉내 내며 아 머리 아파, 허리 아파 죽겠네 정말, 하는 걸 보면 몹시 민망하다. 엄마가 아프다고 하면 나도 그랬던 것 같다. 성장기 내내 엄마가 아팠다. 고혈압과 뇌졸증이었다. 지금 생각해보면 화병인 것도 같다. 전화벨만 울려도 불안해지는 날들이 있었다. 노년기에 접어들어서는 심장내과와 신경외과 말고도 더 많은 진료과를 방문해야 했다. 답답하고 걱정이 되어 의사들과 여러 차례 싸워봤지만 그럴 때마다 나는 낭패감에 빠져들었다. 그래서 친절한 보호자가 되기로 작심했지만 병원을 들어설 때의 침착함과는 달리 나올 때에는 언제나 속은 것 같은 기분을 어쩔 수가 없었다. 잦은 두통에 시달려서, 졸음이 너무 심각하게 몰려와서 엄마를 모시고 정신과를 찾았다. 젊은 의사 앞에서 엄마는 밑도 끝도 없는 눈물을 흘리셨다. 가족들에 대한 분노와 서운함이 극에 달해 있었다. 여왕처럼 받들어 모셔야 하는데 모두가 너무 바빠서 엄마를 방치했던 것 같다. 볼링 핀처럼 우르르 무너지는 기분이 들었다. 공원 벤치에 혼자 우두커니 앉아 있는 할머니들을 보면 엄마 생각이 났지만 어쩌지 못했다. 몇 년 사이 손자 손녀들 챙기느라 힘에 부치시는 대신에 정신은 좀 건강해지신 듯하다. 두통약과 신경안정제를 끊었다.

아이들을 쳐다보며 자꾸 웃으신다. 나는 몹시 피곤하고 신경질이 나 죽겠는데 엄마는 좋단다. 엄마도 젊었을 적에 우리한테는 안 그랬으면서 말이다. 엄마가 젊은 시절을 보상받으려는 듯이, 지금의 행복감을 증명이라도 하듯이 아이들 사진을 보내달라고 할 때 그것을 들여다볼 엄마의 눈빛이 생각난다. 엄마들은 아프다. 아플 수밖에.

요가를 시작했다. 호흡을 새로 배우고, 머리를 거꾸로 향하고, 구부러진 등과 어깨를 펴본다. 몸과 마음의 안정을 바라는 마음으로 집중해본다. 아직 큰 효과를 보지는 못했지만 좀 친절하고 겸손한 사람이 되어야겠다는 생각이 들었다. 자신을 아끼고 다른 사람들에게 좀 관대해졌으면 좋겠다. 한동안 나는 누가 툭 건드리기만 해도 공격적으로 돌변하고는 했다. 뜨개질로 마음을 달랜 적도 있었다. 애써 찾아본 요가난다의 자서전은 한 편의 소설작품 같았다. 1893년 인도에서 태어난 파라마한사 요가난다는 크리야 요가의 거장으로 미국으로 건너가 요가와 명상 수련을 전파하여 많은 사람들에게 영적 스승으로 존경받았다. 어린 시절 신비체험과 예언이 그의 인생을 이끌었고 구도자가 되려는 열망을 따라 여러 성자들을 찾아다녔다. 내게는 생명과 우주 본질을 꿰뚫는 궁극의 깨달음에 이르고 싶다는 열망 같은 건 없어서 판타지를 읽는 기분이 들기도 했다. 그러나 영혼과 구도에 관한 이야기가 허무맹랑하게 다가오지 않고 신성하게 느껴졌다. 자신을 믿고 흔들림 없이 인생의 길을 걸어가는 모습이나, 스승과의 대화를 통해 가르침을 얻게 되는 장면들이 위안을 주었다.

인도에서 가장 유명한 예언자였던 크리슈나는 자신의 뛰어난 제자 아르주나에게 이렇게 말했다고 한다. "아무리 큰 악업을 지닌 자라도 끊임없이 나에 대해 명상하면, 그가 지난날에 지은 나쁜 행위의 결과들을 재빨리 소멸시킬 수 있다." 나에 대한 어떤 기대감이나 확신 같은 것은 없지만 명상을 해볼 수는 있을 것 같다. 나에 대한 골몰은 나를 벗어나는 유일한 길처럼 느껴진다. 막다른 골목을 어떻게 벗어날 것인가. 내가 지나온 시간을 청산할 용기가 있을 때 현재는 벽이 아니라 문이 되는 것이 아닐까. 그 문은 다른 사람을 향해 열리는 것이다. "천박한 인간만이 다른 사람의 고통에 대해 눈을 감을 수 있는데, 그것은 편협한 자기 고통 속으로만 잠기기 때문이지. (……) 냉철한 지성으로 자신을 해부할 줄 아는 사람은 우주적 연민의 확장 현상을 알게 되네. 그는 귀가 먹을 정도로 질러대는 에고의 요구로부터 자유롭지. 신의 사랑은 그러한 토양에서 꽃을 피우는 법이야." 유랑 중인 사두의 말이다. 나의 고통 속에서 벗어나기가 어려워서 불안하고 우울한 것인지도 모르겠다. 인간이 자아라는 헐거운 옷을 벗어버리고 절대 자유를 얻을 수 있다면 그건 대단한 축복이라고 할 수 있을 것 같다. 각종 분쟁과 자연재해, 환경오염의 심각한 수준을 보고 있자면 자본주의 사회에서 우리가 누리는 엉뚱한 자유와 불가능한 평등이 시장 논리에 의해 연출된 것이라는 생각을 떨치기 어렵다. 죽는 것은 두렵지 않지만 죽어가는 사람들을 보면 절망하지 않을 수 없다. 그 절망 속에서 다시 나를 들여다볼 수밖에.

발랑발랑 샤넬

코코 샤넬 전기가 꽤 여러 권 나와 있다. 에드몽드 샤를루의 것과 앙리 지델의 것을 훑어보았다. 고아원 담벼락에 내버려진 조그만 소녀 가브리엘이 파리 패션가를 선도하는 유명 디자이너가 되기까지, 세기의 예술가들과 교류하며 전 세계인의 마음을 사로잡게 되기까지 그녀의 인생을 들여다보는 일이 흥미로웠다. 현대 여성을 가장 잘 이해했던 사람 중에 하나가 샤넬인 것 같다. 프랑스에서 여성들에게 자유를 준 것은, 사회·정치적 이념이 아니라 샤넬의 파격적 디자인이 아니었을까 생각해본다. 의상과 모자, 향수와 액세서리에 이르기까지 그녀는 '샤넬'을 창조했다. 발목을 드러내기 어려운 분위기 속에서 치마 길이를 줄이고, 코르셋을 입지 않은 채 헐렁한 투피스를 걸치고, 계층을 상징하는 깃털 장식의 무거운 모자 대신 짧은 챙의 모자를 쓰는 것. 파리에 '코코'라는 새로운 바람이 불었다. 고가의 브랜드로 자리 잡으면서 허영과 사치의 이미지를 끼고 있지만 당대 여성들에게 새로운 삶의 스타일을 창출해주었으니 샤넬은 단순히 옷이 아니었다. 몸을 자유롭고 아름답게 하는 일이었다. 지방 어부들의 의상에서 영감을 얻고, 속옷으로나 쓰이는 약하고 흐느적거리는 천으로 외투를 만드는 일을 그녀가 했으니 그녀의 도전은 여성의 삶을 생생한 것으로 바꾸어놓았다. 생명력은 언제나 의외의 곳에서 툭 튀어나오는 것이 아닐까. 직원들에 대한 부당한 대우로 노동자 파업이 일어나 파리 매장을 전면 폐쇄하기도 했고, 전쟁 중에 독일군에게 협력했다는 오명에도 불구하고 "바느질을 하는 것은 세상을 슬기 없이 수선하는 것이다"(롤랑 바르트)라는 말에 샤넬은 퍽 어울리는 것 같다. 요가난다와 샤넬의 인생은 삶의 국면이 다르고 자신을 길을 가는 방식이나 태도는 달라도 어떤 열정과 용기와 숭고함이 그 안에 자리 잡고 있다. 가브리엘 코코 샤넬은 말년에 고독과 몽유에 시달리며 외롭게 죽었지만 그녀의 향수와 가방은 아직도 날개 돋친 듯이 팔리니 그녀는 죽을 수가 없는 것 같다. 로고처럼 샤넬은 우리를 묶고 있는 감옥 같은 것인지도. 우리는 한껏 자신을 뽐내며 '나'를 연출해보지만 그것은 누군가 창조한 멋을 가면처럼 뒤집어쓰는 것인지도 모른다. 오늘 불안한 페이지를 들추며 나의 민낯에 대해 생각해본다.

냉장고 불빛은 나의 배고픔을 비추네

감정교육

아이가 타고 올 셔틀버스를 기다리고 있었다. 집 앞 조그만 식당에서 쨍그랑 와장창 세간 부딪는 소리가 났다. 익숙한 욕설이 밖으로 튀어나왔다. 왜 그래, 그만해, 말리는 소리가 섞여 나왔다. 부부싸움인 듯했다. 남자가 나와서 담배를 피워 물었다. 지나던 사람들은 못 들은 척 발걸음을 재촉했다. 평범한 삶의 국면처럼 느껴졌다. 같은 날 저녁이었다. 재활용 쓰레기 분리수거장에서 아파트 경비 두 분이 싸우는 것을 보게 되었다. 키가 땅딸막한 아저씨들이 목소리를 드높였다. 싸움의 이유는 이미 멀리 도망간 것 같고 감정싸움으로 번졌다. 인신공격하고 서로의 허물을 들추어내는 데 이르렀다. 곧 멱살을 잡을 태세다. 자주 그러한 것처럼 거기서 끝이 났다. 뭐 그리 특별할 것 없는 싸움이었다. 하루에 두 번씩이나 싸움 구경을 하다니. 날이 더워서일까. 살기 팍팍해서일까. 재래시장 골목에서 상인들끼리 자주 멱살을 잡는 것을 보고 자란 나는 그런 싸움들에 익숙한 편이다. 그런데 생각해보니 또 오랜만인 것도 같다. 요즘은 다들 점잖아서 대놓고 감정을 드러내고 싸우는 것을 보기 어렵다. 뒤에서 욕을 하더라도 앞에서는 친절하게 웃어주는 것이 미덕인 것처럼 학습이 돼버린 것도 같다. 다 그런 것은 아니지만 이제 그런 재미난 구경은 좀처럼 찾아보기 어렵다. 무서운 복수극, 치정극만 있다. 술주정도 마찬가지다. 딱하고 정감 가는 주정은 없고 분풀이와 협박 공갈뿐이다. 사소한 다툼들이 줄어들면서 범죄가 늘어난 것은 아닐까. 관계를 유지하고 감정을 처리하는 방법을 따로 배워야만 할 것 같은 위협을 느끼고는 한다. 함께 살아가는 방법을 새로 배워야 하는 것이 아닌지 고민해보게 하는 사건 사고들이 부쩍 많아져서일까.

프랭크

최근 두 명의 프랭크를 만났다. 미국 정치 드라마 「하우스 오브 카드」는 시즌 3까지 나왔다. 밴드 음악을 소재로 만든 영화 「프랭크」는 레니 에이브러햄슨의 2014년 작이다. 이 프랭크와 저 프랭크는 퍽 다르다. 이 프랭크는 국회의원을 거쳐 대통령이 되는 권력 지향형 인간이고, 저 프랭크는 아직 앨범 한 장도 못 낸 밴드의 미숙한 리더다.

백악관의 프랜시스 언더우드(프랭크)는 속악한 정치꾼이다. 수단과 방법을 가리지 않고 자신이 이루고자 하는 모든 것들을 전투적으로 수행해나간다. 프랭크는 사람을 조종하고 관계를 맺는 데 탁월하다. 상대방을 어떻게 때려눕힐까를 고민하며 그는 밤새워 일한다. 언론을 상대하는 것도 쉽지 않고, 대외 관계도 문제고, 의회와 사법부도 만만치 않다. 의회 대표에서 부통령으로, 다시 대통령이 되기까지 그는 물불 안 가리고 달린다. 권력을 위해 모든 것들을 거리낌 없이 행한다. 정치인으로서 이미지 관리에 최선을 다하지만 아무도 모르게 사람을 처리하고 뒷거래에 능하다. 그는 두려움이 없다. 남몰래 아버지 비석에 오줌을 싸고, 교회 예수님의 십자가에 침을 뱉는 일조차 서슴지 않는다. 괴물이다. 그의 평범하지 않음이야말로 정치적 능력이고, 일이 되어가게 하는 힘이고, 많은 사람들을 조종하고 거느리는 권력의 본질인 것 같다. 종종 그가 시청자를 향해, 타깃이 되지 않으려면 먼저 공격해야 한다거나, 물러서는 듯하다가 상대방의 약점을 물어 치명적인 상처를 입혀야 한다는 등의 이야기를 하며 자신을 사냥꾼이나 맹수에 비견할 때 그의 말에는 별 감흥이 일지 않는다. 어떻게 저렇게 쉬지 않고 일을 계속할 수 있을까 궁금할 뿐이다. 권력을 유지하기 위한 기계처럼 보이는데 멈추는 것은 바로 죽음을 의미하는 것인지도 모르겠다. 프랭크는 죽음보다는 언제나 위험한 게임과 승부를 원한다. 그런데 이 프랭크가 한밤중 부엌 식탁에 서서 식빵에 피넛버터를 발라 먹을 때 그는 평범한 미국인처럼 보이기도 한다. 이 괴물이 인간적으로 보이는 순간이 피넛버터로 허기를 때울 때뿐이라니.

밴드의 리더 프랭크는 찌질하다. 천부적인 재능에 비해 신경이 쇠약하고 감정이 불안정하다. 열네 살부터 커다란 가면을 쓰고 지낸다. 밥 먹을 때도, 잠잘 때도, 샤워할 때도 절대로 가면을 벗지 않는다. 무표정하고 커다란 가면이 우습지만 그에게는 민낯도 우습긴 마찬가지다. 그는 사회생활을 유지하고 관계를 맺는 데 미숙하다. 다만 노래할 뿐이다. 칫솔과 면도기, 빨대를 들고서도 흐느끼듯 노래를 부르고, 낡은 소파에 튀어나온 보풀을 보고도 인생의 진의를 이야기할 수 있다. 그의 찌질함은 퍽 매력적인 데가 있기는 하다. 평범하지 못한 것은 밴드의 다른 멤버들도 다 비슷하다. 그들은 프랭크를 존중하며 모두 자신들만의 음악 세계를 독창적으로 꾸려가길 원할 뿐 다른 것에는 도통 무관심하다. 종종 술집 무대에 올라 공연을 하고 앨범 작업을 위해 여행을 떠나는 정도가 전부다. 뮤지션을 꿈꾸던 존이 우연히 밴드의 앨범 작업에 참여하게 되고 SNS에 작업 과정을 공개하게 되면서 좀 달라지기는 한다. 그러나 본격적인 무대에 올라 대중의 취향을 맞추려는 시도는 물거품이 된다. 관객들 앞에 선 프랭크는 존이 선창하는 것을 듣고 괴로워하며 흐느끼다가, "Your music's shit" 하며 노래를 한 소절도 부르지 않고 무대 위에서 쓰러져버린다. 자신만의 음악이 아니면 부르기 어려운, 이 타협점 없는 극렬 성향이야말로 그를 예술가답게 만든다. 그가 예술가답게 존재해야만 그나마 그의 미숙함은 용서되는 것 같다. 부족하다는 것은 또 다른 면에서 재능이고 용기일 수도 있을 것이다.

지팡이

더그는 프랭크의 오랜 보좌관이다. 10년 이상을 프랭크와 함께 일하며 수족 노릇을 완벽하게 수행한다. 종종 구린 일들을 해결해주는 역할을 하기도 한다. 더그는 프랭크 이상의 프랭크인 셈이다. 그는 프랭크의 중요한 비밀을 알고 있는 레이첼을 숨겨주는데, 그녀는 더그에게 알 수 없는 감정을 불러일으키고는 한다. 그녀에게 느끼는 감정을 딱히 연민이나 사랑이라고 하기는 어렵지만 종종 더그는 하던 일을 멈추고 고뇌에 빠진다. 그럴 때 더그는 본래의 인간 더그로 돌아와 흔들린다. 레이첼이 책을 읽어줄 때 더그는 눈을 감고 마음의 안정을 찾는 것처럼 보이지만 그건 위험한 징후이기도 하다. 더그는 그녀에게 돌로 얻어맞고 큰 외상을 입게 된다. 가까스로 살아난 더그가 오랜 치료와 재활을 끝내고 지팡이를 짚은 채 보좌관의 자리로 되돌아가고자 하지만 받아들여지지 않는다. 그는 다시 알코올에 빠져든다. 도망친 레이첼을 잡아서 산 채로 매장한 후에야 그는 다시 프랭크에게 되돌아갈 수 있게 된다. 프랭크라는 괴물을 완성하기 위해 레이첼을 보호하는 일도 그만두고, 자신의 인간적 감정도 포기하게 된다. 더그는 괴물의 지팡이이자 프랭크의 적자인 셈이다.

존은 우연히 밴드의 공연에서 키보드를 맡게 되고 그것을 계기로 앨범 작업을 함께 하게 된다. 음악에 대한 열정은 있지만 재능이 없는 그에게 프랭크와의 만남은 새로운 활력이 된다. 존은 밴드 멤버들의 무시와 홀대를 견디고, 자신의 비상금마저 쏟아부으며 앨범 작업의 완성을 돕는다. 매니저 돈이 자살한 이후에는 실질적으로 매니저 역할을 수행하게 된다. 존은 밴드의 앨범 작업 과정을 트위터와 유튜브에 올리고 바깥세상과 소통의 통로를 마련해준다. 그런데 문제는 밴드의 어느 누구도 대중의 박수를 원하지 않는다는 점이다 (존의 제안에 프랭크는 잠깐 동요하지만 말이다). 그들은 자신만의 음악을 만드는 일 자체에만 매달린다. 무대에 오르는 것을 극구 반대한 멤버 클라라의 칼을 맞고 존은 쓰러진다. 다리에 상처를 입고 절뚝이며 도망친 존은 프랭크를 찾아나서고, 고향 집에 돌아간 프랭크를 만나 다시 멤버들에게 데려다주고는 유유히 떠난다. 죽은 매니저를 대신해 그가 할 수 있는 모든 것을 다하고 사라진 셈이다. 가면이 산산조각 난 프랭크는 한없이 초라한 모습이다. 허름하고 퀴퀴한 술집 구석에서 노래하고 있는 밴드 멤버들을 찾아가 그는 고백한다. 중얼중얼 "I love your wall"로 시작하여 "I love you all"로 변할 때 프랭크는 다시 프랭크다운 모습을 회복한다. 퀴퀴한 카페의 낡은 벽은 멋지고, 밴드 멤버들을 모두 사랑한다. 함께 다시 노래할 수 있는 것으로 밴드는 부활한다.

괴물의 탄생

클레어는 프랭크의 아내다. 지성과 미모를 겸비한 훌륭한 조력자로서 남편을 돕는다. 그녀 역시 원하는 거의 모든 것을 해내는 스타일이다. 환경단체 대표로 일하기도 하고, 퍼스트레이디 역할도 훌륭히 수행해간다. 어찌 보면 프랭크를 만들어낸 것은 클레어인지도 모르겠다. 클레어는 용기와 절제, 대담함과 관대함을 두루 갖추고 있다. 프랭크라는 괴물을 살아가게 하는 원초적 괴물이랄까. 그런데 프랭크와 달리 이 괴물은 가끔씩 고뇌에 빠진다. 내면의 상처와 고독을 어찌하지 못하는 순간들이 온다. 조깅을 하거나 옛 애인을 찾아가거나 하면서 쓸쓸함이나 허무감을 풀어내고자 하지만 쉽지 않다. 그녀는 유엔 대사에서 물러나 남편의 재선을 돕다가 결국 멈추고자 한다. 선거를 앞둔 가장 중요한 시점에서 남편을 떠나겠다고 선언한다. 아주 오랜 기간 결혼 생활에서 훌륭한 파트너십을 가지고 살아온 듯하지만 언제나 그녀의 욕망은 남편 프랭크에 의해 유예되었고 대리되었다. 클레어는 길을 잃고 서성이는 자신을 더 이상 방치할 수 없다는 것을 알게 된다. 그녀의 끝내주는 몸매와 우아한 자태가 가장 빛나는 순간은 그녀가 떠나려 할 때이다.

클라라는 음악과 프랭크만을 원한다. 프랭크의 재능을 아끼고 그를 진심으로 사랑한다. 그녀는 입이 험하고 행동이 난폭하고 감정도 거칠다. 존에게 욕설을 퍼부으며 그의 무능함을 공격한다. 그녀는 단지 밴드와 프랭크에만 몰두되어 있다. 프랭크의 버팀목이자 밴드를 가장 잘 이해하는 실질적 리더라고 할 만하다. 조력자의 위치이지만 그녀가 가장 세다. 프랭크와 함께할 수 있는 것이 아니라면 칼을 들어 사람을 찌를 정도로. 밴드 해체의 국면에서 프랭크를 잃고 담배 연기가 자욱한 허름한 술집 구석에서 "등대지기와 결혼하고파. 언제나 함께하리. 바닷가에 살면서 달빛 섬에서 파티하고 산호초에서 조개 굽고. 누구나 초대할 거야. 끊임없이 모여드는 갈매기 떼. 한낮의 태양 아래 램프를 닦으리"라고 노래를 부르는 그녀의 모습은 자못 헝클어지고 괴기스러운 면이 있다. 번들거리는 흰색 잠옷 같은 것을 걸치고 아무렇게나 흐느끼는 것을 공연이라고 할 수 있을까. 그런데 그런 클라라는 너무나 멋지다. 프랭크가 되돌아올 자리, 거기에 바로 클라라가 변함없이 서 있다.

냉장고

내 안에는 이 프랭크와 저 프랭크의 면모가 다 조금씩 있는 것 같다. 아니 클레어와 클라라의 모습으로 살아가는 것일까. 어쩌면 더그나 존인지도 모르겠다. 주인공도 조력자도 배우자도 모두 아닌 것 같기도 하다. 문득 나의 능력과 역할을 잘 모르겠고, 혼란에 빠진 듯 휘청거릴 때가 있다. 그런 순간 냉장고의 차가운 불빛은 나의 배고픔을 비춘다.

냉장고는 집의 차가운 심장이다. 한밤중 어두운 부엌의 냉장고에 기대어 앉으면 모든 사물들이 냉장고의 소음에 박자를 맞춰 흘러가는 듯한 착각이 든다. 밤이 흘러가고 아무것도 끝장나지 않는 것이 신기하다. 옛날 아낙들은 군불을 때고 쪼그려 앉았을 때 매운 연기를 삼키며 세상이 저마다의 속도로 타오르는 것을 느꼈을까. 그럴지도 모르겠다. 나의 눈에 이르는 별빛이 어디선가 이미 소멸한 행성의 것이라면 나의 눈은 죽음에 눈 맞추는 것일 뿐이다. 제자리에 서서 흐르는 나무들의 꿈이 가혹하고 냉정하게 느껴진다. 흔들리는 나뭇잎이 나를 비웃는 것 같다. 오늘 밤 떠날 것이다. 바다를 보기 위해 밤새 달릴 것이다. 파도 앞에 선 나의 뒷모습은 누구의 것인가. 파도를 코앞에 두고 바다를 못 볼 수도 있을 것이다. 나는 냉장고에 기대어 불가능한 꿈을 꾼다. 어디로 어떻게 흘러가고 있는지 알 수 없다. 시간은 방향이 없는 물결이다. 내가 그것을 말하지 않으면 아무것도 말해주지 않는 가혹한 채찍이다.

둘째 아이가 옆에 앉아 롤리팝과 고래를 그린다. 알록달록 그린 사탕을 오려서 고래에게 준다. 하나가 아니다. 그리고 또 그리고. 오리고 또 오리고. 낮잠을 길게 자더니 밤새 달콤한 고래와 함께 놀 모양이다. 아이는 놀이가 재밌고 나는 졸리다. 무의미한 반복처럼 재밌는 것이 또 어디 있으랴. 끝나지 않는 싸움보다는 낫다. 그런데 이번에는 길게 종이를 오리더니 지렁이란다. 내게 선물해준다. 도로 가져가서 갑자기 지렁이가 애벌레가 되기도 하고 뱀이 되기도 한다. 백석의 지렁이는 이과理科 책에서 새끼를 낳았다고 했다. 천 년 동안 흙에 물을 주면 지렁이가 태어난다고, 지렁이가 구렁이가 된다고 했다. 지렁이의 눈이 보고 싶고, 지렁이의 밥과 집이 그립다고 했던가. 가능과 불가능이, 사실과 허구가, 믿음과 상상이 뒤섞여 있는 지렁이의 세계에는 물론 시인의 상실감과 그리움의 정서가 깔려 있는 것 같다. '조선'은 잃은 것이 많고, 지켜갈 것이 많고, 새로운 것이 또한 많은 시대였다. 서로 다른 세계의 공존을 보여주기 위한 백석의 노력은 언어 사용의 차원에 드러난다. 시어로서 방언과 표준어, 고유어와 외래어의 혼용에는 영역 싸움이나 배척 같은 것은 없다. 서로 얽혀서 반복되는 가운데 인접하고 침투하면서 근대문명을 통해 재발견된 조선의 자연을 가시화한다. 아이들에게는 모두 이런 능력과 재능이 있는지도 모르겠다. 어른이 되어가면서 잃어버리게 되나 보다. 시간은 점차 가지런해지고 정교해지고 사악해진다. 그런 시간들을 때때로 멈추게 하고 느슨하게 만드는 것이 필요해 보인다. 굳어진 감각과 지친 신체에 깃드는 적절한 감정과 판단 같은 것은 없다. 적당한 노동과 사유를 유지하며 평범하고 온건해지기 위해 특별한 노력이 필요할 뿐이다. 이 시대 우리 사회에서 상식과 건전성을 지켜가며 자기 역할을 수행하는 것이 퍽 어렵게 느껴진다.

기울기와 스며듦에 관해서

傾

　무리한 여행으로 친정엄마가 병이 났다. 7, 8일간 터키 여행을 하셨다는데 잦은 야간 이동과 부실한 식사 때문에 지치신 듯했다. 다녀와서도 충분히 쉬지 못하시는 것 같았다. 혈압이 오르고 어지럽다고 하셨다. 병원 응급실을 찾지 않을 수 없었다. 평소 같으면 대기실에 앉아 오래 기다려야 하고, 무슨 무슨 검사를 하고 결과를 보는데 반나절 이상이 걸린다. 그런데 병원 응급실이 너무 한산했다. 침대가 남아돌고 환자가 거의 없었다. 한두 시간 만에 끝났다. 다들 마스크를 쓰고 웅웅거렸고 연신 손 소독제를 문질러 발라댔다. 중동 여행을 하지 않았는지, 특정 병원을 가지는 않았는지 여러 차례 묻고 확인했다. 다급해서 왔지만 이쪽에서도 불안한 건 마찬가지였다. 검사 결과가 나쁘지 않아 귀가 조치를 받아 돌아와서는 온몸을 꼼꼼하게 씻었다. 엄마의 병도, 메르스도 무서웠다. 집에 돌아와서 엄마는 열기구를 탄 이야기, 희귀한 암석과 동굴 이야기, 양고기와 감자 이야기를 했지만 귀에 도통 들어오지 않았다. 화가 나기도 하고 걱정이 되기도 했다. 아픈 몸으로 밀린 집안일과 가족들 식사를 걱정하는 모습 때문에 더 그랬다.

나는 자라면서 쓰러지는 엄마를 자주 봐야만 했다. 갑작스럽게 바닥과 수평이 되려는 몸에 저항하지 못하고 끌려가는 캄캄한 눈의 두려움 같은 것을 안다. 뇌 수술을 앞두고 머리를 박박 밀고 누워 있는 엄마를 마지막인 것처럼 봤던 날의 차가운 병실 문손잡이를 기억한다. 수술 이후 엄마는 급속도로 기울어갔다. 몸도 기우뚱하고 걸음도 비뚤어졌다. 기억도 판단력도 흐려졌다. 몸과 마음이 빠른 속도로 늙어갔다. 엄마를 잃을 준비를 하고 있는 사람처럼 나는 냉랭해졌다. 두려움 때문이겠지만 원망도 얼마간 섞여 있다. 아주 작은 나를 품속에 넣고 다니던 젊고 건강한 엄마를 상상하는 것이 어려운 일도 아닌데 나는 나이 든 엄마를 위로하고 함께 시간을 보내는 것보다 소설책을 넘기거나 혼자 멍하게 앉아 있는 것을 더 좋아한다. 늙고 병든 엄마를 위로해준 것은 내가 아니다. 나의 어린 딸들이었다. 큰딸은 외모가 나를 닮았고, 작은딸은 성격이 나를 닮았다. 아장아장 꼬물거리는 셋째, 넷째는 존재만으로 위로가 되었다. 내가 말 안 듣는 딸들의 엉덩이를 때릴 때, 소리치며 야단할 때 엄마는 내게 당당히 따진다. 나는 너한테 안 그랬는데 너는 왜 그러니? 할머니와 어린것들은 재밌고 즐거운데 늘 나 혼자 화가 나 있다. 아직 나는 한참 모자라다.

習

배우고 때때로 익히면 또한 즐겁지 아니한가學而時習之 不亦說乎, 라고 축자적으로 배웠다. 배우고 실천한다면 더불어 즐거워질 수 있다고 의역해본다. '익히다'에 '행하다'의 의미를 포함시키지 않는다면 미진할 것이다. '또한'에 '더불어'라는 공공의 영역을 고려하지 않는다며 공허할 것이다. 습習

자를 오래 들여다본다. 익힐 습 자에 마음심이 붙으면 두려워할 습慴이 되고, 불화가 붙으면 빛날 습熠이 된다. 옷의가 붙으면 주름 습褶이 된다. 말씀언은 붙어봤자 그대로 익힐 습習이 된다. 깃우 때문일까. 어쩐지 '습' 자에 어린 새 한 마리가 들어앉아 있는 것 같다. 날개는 가능성이자 희망이고, 두려움이자 불안이기도 하다. 비상할지 추락할지는 아직 모른다. 목숨을 건 비행처럼 배우고 익히는 일은 얼마간 위험을 안고 있는 것이 아닐까. 배우고 익히는 일이 나를 어디에 이르게 하는 것인지 때때로 생각해보게 된다.

여느 다른 동물들보다 인간은 긴 성장기를 갖고 있다. 스스로 책임질 수 있을 때까지 오랜 기간 다른 이에게 의존한다. 자립이라는 말이 있지만 스스로 무엇인가를 할 수 있다는 것도 어찌 보면 착각일 수도 있겠다. 본능적이든 의식적이든 간에 모방과 관계 맺음이 아니면 불가능한 것이 인간의 삶인 것 같다. 그리하여 사람들은 저마다, 더불어 어디로 가고 있는 것일까. 인간들의 행보를 다시 묻는 것, 우리 삶의 방향을 문제 삼고 멈추게 하는 것이 배움의 일이고, 말과 글의 몫인 것 같다. 끊임없이 나아갈 수 있다는 환상을 지연시키는 일이야말로 궁극의 나아감을 위한 것이 아닐까. 기꺼울

열說 자는 '말하다(설)'와 '달래다(세)'라는 뜻을 가지고 있으며 '벗어나다(탈)'의 뜻으로도 쓰인다. 한 글자에 서로 다른 네 가지 뜻이 담겨 있는데 나는 이 네 가지가 말과 글의 궁극에서 하나로 만난다고 생각해본다. 말과 글의 즐거움은 나와 다른 사람을 위로하고, 인간과 세계의 한계를 벗어나는 초월적 감정에까지 이르게 한다. 어떤 종류의 까발림은 즐거움과 위안, 초월의 감정 너머에 있는데 인간이라는 존재의 허술함을 드러내면서 이 세계의 견고함이 사실은 수많은 금(균열)을 포함하고 있다는 사실을 보여준다.

최제훈의 단편소설 「철수와 영희의 바다」를 읽고는 사소함과 우연함이 좌지우지하는 인간 삶의 면모에 실소하지 않을 수 없었다. 사랑하는 두 남녀가 물놀이를 갔다가 바닷물에 빠진다. 철수는 사소한 오해로 수영도 못하는 영희의 튜브 구멍을 열고, 수영만 잘하는 철수는 갑자기 다리에 쥐가 나버린다. 철수가 꼼짝없이 물속에 가라앉고, 헐거워진 튜브에 의지해 영희는 팔다리를 허우적거린다. 영희가 해변에 닿을 수 있을 것 같지는 않다. 사건 사고는 얼마나 쉽게 일어날 수 있는지, 우리가 느끼는 감정과 기분이 얼마나 사소한 것인지, 목숨이 위태로운 상황 속에서 인간의 판단 능력이 얼마나 허술한지를 생각하다 보면 한없이 초라한 기분이 들고는 한다. 인간이란 유치하고 겁 많은 존재들이라는 것. 약하고 물렁하고 불완전하다는 것. 그런데 인간들은 삶이 가지는 모호함이나 우연함에 기대어 참 잘도 살아간다. 사랑이나 믿음이라는 허울은 쉽게 벗겨지는데 말이다. 서로를 뒤흔들고 위협하는 본능과 사악한 쾌감은 인간의 것이다. 거기에 더하여 인간들은 서로를 흉내 내면서 앞으로 잘도 나아간다. 이 본능적 모방의 능력은 인간의 나약함을 보충하고 스스로가 우월하다는 환상을 심어주는 것 같다. 나를 세우고 유지하기 위해 너를 파괴하고 조정하는 잔인함은 인간만이 가지고 있는 고도의 기술이다.

我

「나를 찾아줘Gone girl」는 데이비드 핀처의 2014년 작이다. 길리언 플린의 동명 소설을 원작으로 삼고 있다. 벤 애플렉이 어수룩하면서도 매력적인 남편(닉)으로 등장한다. 무시무시한 아내 로저먼드 파이크(에이미)는 인형처럼 깎아놓은 듯이 예쁜데, 기계적인 아름다움이라고 해야 할까. 결혼기념

일에 수수께끼를 남겨놓고 깨끗하게 사라진 아내 에이미는 남편 닉을 향한 복수를 치밀하고도 계획적으로 준비해왔다. 닉은 사라진 에이미를 찾기 위해 애쓰지만 그럴수록 아내를 살해한 범인으로 몰리게 된다. 모든 정황과 증거들이 남편을 살인자로 지목한다. 쌍둥이 여동생의 조언과 도움 역시 불리하게 작용할 뿐이다. 썩은 동아줄이라도 잡는 심정으로 닉은 텔레비전 토크쇼에 나가 아내에게 돌아와줄 것을 요청하며 변치 않는 사랑을 고백한다. 외도와 불성실이라는 닉의 과오를 절대 용서하지 않으려는 에이미의 굳은 결심은 흔들리기 시작한다. 다시 돌아오기 위해 그녀는 또 다른 연극을 기획할 수밖에 없게 된다. 첫사랑 남자를 죽이고 납치극을 꾸며낸다. 공격의 대상이 남편에서 옛 애인으로 이동한 것이다. 어머니가 쓴 동화 『어메이징 에이미』의 모델이었던 에이미는 늘 역할놀이에 빠져서 탐탁지 않으면 모든 걸 뒤집어엎어버린다. 살인도 불사한다. 그녀에게 감정이나 사실은 언제라도 조정 가능한 것이며 인생은 그저 역할을 수행하는 것에 불과하다. 재능과 미모는 그런 역할을 수행하는 데 도움이 되는 것일 뿐. 그녀는 진정으로 앓지 않고, 앓는 역할을 적절히 해낸다. 그녀는 그녀가 원하는 것을 제조하고 자신을 바로 거기에 던진다. 에이미는 하나의 캐릭터일 뿐 살아 숨쉬는 에이미는 어디에도 없다. 그녀는 동화 속 캐릭터의 창조와 함께 영원히 사라져버린 것일까.

탐정은 닉의 편에 서지만 객관을 안다. 진실을 찾는 데 이 객관이 썩 도움이 되지 않는다는 사실 또한 알아서 그는 유능한 탐정이다. 형사는 닉을 의심하지만 객관적이려고 노력한다. 객관을 따라가지만 잘못된 결론에 이르러 당황한다. 자신의 판단 착오를 만회하기 위해 노력하지만 그게 노력으로 되는 것은 아니다. 둘의 객관은 방향이 다르고 닉에게도 서로 다르게 작용한다. 이 객관이라는 것은 태도이자 지향이지 결과도 진실도 아니다. 닉은 스스로 전환점을 마련해가지 않으면 안 된다. 이웃과 여론과 공중이 모두 닉을 살인자로 몰아갈 때 거기에서 빠져나오기 위해 그도 텔레비전 토크쇼에 나가 참회하는 연기를 했던 것이다. 그렇지 않으면 자신이 끝장나버릴 것을 알기에 닉은 스스로를 지워버리고 에이미를 흔들어놓음으로써 살인 혐의에서 벗어날 수 있게 된다. 그 역시 착한 남편 캐릭터가 되었을 뿐 본모습은 감추고 있다. 아내가 연출한 상황 속에서 혐의는 벗었지만 그는 사실을 은폐하고 진실을 덮을 수밖에 없게 된 것이다.

그녀와 그는 껍데기에 불과한 부부로서 다시 살아간다. 삶은 지속된다. 둘 중 어느 하나가 그 역할을 벗어나는 순간 그들의 세계는 산산조각이 난다. 그녀는 살인자가 되고 그는 악마가 될 것이다. 진실을 외면하고 일상에 몰두하는 것만이 그들의 관계를 지속시키지만 몰입과 착각 역시 가능하니 그것이 삶이 아니라고 어떻게 말할 수 있겠는가. 이 영화는 스릴러로 분류되는데 영화는 우리의 삶 그 자체가 스릴러라고 말하는 것 같다. 당신은 어떤 역할을 맡아 연기하고 있는가, 그것을 끝까지 잘해낼 수 있는가, 질문을 던지고 있다. 삐끗하면 언제라도 당신은 끝장나버릴 것이라고 협박하고 있는 것 같다.

용기란 자신의 능력과 스타일을 용인하는 것만큼 다른 사람의 그것에 대해서도 똑같이 존중하는 일이다. 자신을 지키기 위해 다른 사람을 함부로 포기하지 않는 것. 비단 목숨에만 한정되는 것은 아니다. 다른 사람의 존재감을 해치는 일이야말로 비인간적 행위라고 할 수 있을 것 같다. 인간이란 어쩔 수 없이 정신적 영역을 가꾸며 살아가기 마련인데 신체를 지속시키는 일만큼이나 정신의 영역에서도 생명이라는 것이 있어서 고유성과 창조성은 어떤 면에선 심장의 운동만큼이나 절실하고 절박하다. 고문이나 폭력이 신체적 학대 이상으로 정신의 영역을 파괴하기 때문에 되돌리기 어려운 지경에 이르는 것을 보면 보호받아야 할 대상은 몸과 마음의 영역에 두루 걸쳐 있다. 「나를 찾아줘」의 에이미의 경우 몸과 마음을 학대하며 자신의 빈자리를 다른 대상으로 교체해가는데 문제는 매번 다른 사람들이 희생된다는 것이다. 그녀의 어메이징한 능력은 파괴력을 근저로 삼고 있으니 그녀의 아름다움을 훔쳐보면서 내가 살아가기 위해 다른 사람들이 얼마나 피 흘리고 있는지를 생각해보지 않을 수 없게 된다. 다른 이의 희생을 망각하는 순간 가장 먼저 사라지는 것이 바로 자기 자신의 자리가 아닐까.

毒

학생들이 제출한 리포트와 시험 답안지를 확인하는 일은 재밌기도 하고 고되기도 하다. 한 학기 동안 엉뚱한 짓을 한 느낌이 들기도 하고, 자신의 생각을 거칠게나마 써 내려간 아이들이 기특하기도 하다. 자기 것이 아닌 말들을 주워 삼키느라 고된 흔적들을 보여준 답안지를 읽노라면 읽는 쪽에서도 몹시 지치고 피곤하다. 문제 풀이는 대충하고 애교 어린 편지글을 남기는 학생들도 여전하다. 강사가 아니라 시인으로서 나를 대하는 학생들이 종종 있다. 선생님 시 좋아해요, 사랑해요 교수님, 하는 걸 보면 학점이 절실한 모양이다. 나의 것이 아니더라도, 전공이 아니더라도 나는 학생들이 시와 소설을 읽으며 젊은 시절을 지나기를 원한다. 내가 그러했던 것처럼. 그때만큼 문학이 절실하고 아름답기는 어렵다. 그 이후에는 시간을 때우거나, 취미를 붙이거나, 교양을 쌓기 위해 그렇게도 하지만. 나이 어린 학생들은 잘 모르면서 그것 그대로 받아들이고 흡수한다. 독인지 약인지도 모르고 꿀떡 삼켜대는데 그것이 독인지 약인지는 한참 후에나 밝혀질 것이다. 말랑말랑한 정신에 상품 광고와 전자음악과 엉터리 정보만 발라대는 것보다 거짓말이라도 그럴듯한 문장들을 몇 개씩 새겨 넣는 것이 어찌 나쁘겠는가. 그중에 어떤 문장들은 알게 모르게 그들의 삶을 이끌어나가는 어렴풋한 힘을 발휘하게 될지도. 모르는 말들을 주워 삼키며 따라가다 보면 언젠가는 알게 될지도. 그 앎이 그들의 삶을 깊게 한다고 왜 말하면 안 되는가. 몇 개의 문장에 힘을 주어 이 삶이 바뀌기를 기대하면 왜 안 되는가. 문장은 대개 슬픔과 실의에 빠진 자들에 의해서 만들어지는 것 같다. 분노와 적의일 수도 있겠다. 이기심과 공명심이 거기에 아주 없다고 말하기도 어려울 것이다. 그런데 그 문장들은 정말 어디에서 오는 것일까.

독을 먹는다면 접시까지, 라는 일본 속담이 있다고 한다. 팬픽의 제목이기도 한 이 구절은 에쿠니 가오리의 소설에도 나온다고 한다. 일본 정서와 문화를 잘 모르는 나로서는 어떤 맥락에서 이 말을 풀어야 할지, 이 말의 정확한 의미가 무엇인지 잘 모르겠다. 최근 뭇매를 맞고 있는 문단의 상황을 보고 글쓰기에 대해 생각하면서 이 말이 떠올랐다. 그 누구보다 이해할 수 없는 것이 바로 자기 자신이다. 문장은 나를 들여다보는 거울이 되는데 그 거울 앞에서는 언제나 신중해야 할 것 같다. 문장을 짓는 용기란 잠깐씩이나마 허술한 자신을 알아보는 능력과 다르지 않다. 자신의 빈자리와 공허함을 견디지 못해 휘두르는 펜은 가장 먼저 자기 자신을 찌를 것이다. 나는 글쓰기에도 기울기와 스며듦이 있다고 생각한다. 고유한 나를 상정하는 것이야말로 위험한 일이지만 내안에 숨 쉬는 수없이 많은 나들을 일일이 헤아리고 돌봐야 거칠게나마 문장을 쓸 수 있는 것 같다. 독은 피하기 어렵다.

접시까지 먹어치울 수 있다는 용기만이 망각의 위협과 죽음의 두려움을 건너 스스로를 긍정하며 새로운 그릇을 짓는 방법이 되지 않을까 싶다.

5부

오늘도
무럭무럭

기압골의 영향으로

한파주의보

을지로 국도호텔 앞이었다. 빈 택시가 좀처럼 오지 않았다. 몹시 추웠다. 덜덜 떨렸고 속이 좋지 않았다. 앉아서 좀 쉬고 싶었다. 그때 누군가 다가와 어눌한 한국어로 내게 말했다. 얼어 죽어요, 했다. 지나가던 외국인이었던 것 같다. 택시는 영영 오지 않을 것 같았다. 새벽 두 시였고 정말 얼어 죽을 만한 겨울밤이었다. 초등학교 빈 교실에서 나는 누군가를 기다리며 거의 얼어 죽을 뻔한 적이 있었는데 그때의 달콤한 졸음이 생각났다. 얼른 전화기를 꺼내 익숙한 번호를 눌렀다. 달콤한 졸음이 몰려오기 전에.

첫눈

초등학교 5학년 겨울, 같은 반 친구가 죽었다. 글쓰기를 좋아했던 친구다. 저녁밥을 먹고 나서 텔레비전을 보고 있었는데 전화가 왔다. 두꺼운 잠바를 껴입고 병원 영안실에 갔다. 병을 앓아 희멀건 얼굴이었는데 사진 속에서는 밝고 건강하게 웃고 있었다. 슬프기보다는 믿기지 않았다. 친구가 추우면 어떡하나 말도 안 되는 걱정을 했던 것 같다. 그 후로 글짓기 반에서 나는 혼자 앉게 되었다. 얼른 쓰고 도망가고 싶었는데 친구가 없으니 잘 쓸 수가 없었다. 글을 쓸 때마다 빚진 기분이 드는 것은 죽은 친구의 영혼이 들러붙어서일까.

유독 눈과 관련해서는 안 좋은 기억이 많은 것 같다. 어느 해 초겨울 갑작스럽게 기온이 내려가고 저녁 무렵부터 눈발이 흩날리기 시작했다. 그해 첫눈이었다. 실내복 차림으로 마당 앞에 섰다. 옷에 눈이 몇 개 들러붙었는데 잘 녹지 않았고 결정이 생생했다. 설렘인지 불길함인지 모를 이상한 감정에 휩싸여 내리는 눈을 무력하게 쳐다보고 있었다. 진저리를 치며 집 안으로 얼른 다시 들어왔던 것 같다. 다음 날 사고 소식이 전해졌다. 앞집에 사는 소꿉친구가 탄 차가 눈길에 전복되어 마주 오던 트럭과 충돌하였다고 했다. 운전자인 숙모가 사망했고 친구는 한쪽 얼굴이 무너지고 한쪽 팔이 으스러졌다. 함께 탔던 사촌들은 찰과상만 입은 채 멀쩡했다. 이쪽도 저쪽도 회복되지 못할 깊은 상처와 충격을 받았다. 친구에게 여러 번의 큰 수술과 재활 과정이 기다리고 있었다. 팔에 남은 여기저기 꿰맨 자국과 울퉁불퉁한 상처를 보여주고는 했다. 한쪽 눈의 시신경이 돌아오지 않아 어딜 쳐다보는지 알 수가 없었다. 불행은 거기서 끝나지 않았다. 얼마 지나지 않아 친구의 어머니가 갑작스럽게 죽었다. 젊어서 남편을 잃고 그간 고생을 해서였을까. 심장 이상이었던 것으로 기억된다. 친구를 찾아갔는데 어디에 눈을 둬야 할지 알 수 없었다. 당시 중학생이었던 우리는 그냥 말없이 서로를 쳐다만 보고 있었다. 친구가 먼저 입을 뗐다. 나 괜찮아. 하나님이 계시잖아. 그런 혹독한 계절이 지나갔다. 3남매만 덩그마니 남았다. 친구네는 집을 팔고 다른 곳으로 이사를 갔다. 간간히 소식이 전해져 왔지만 더는 만날 수 없었다. 소꿉친구가 떠나간 자리가 컸다. 첫눈이 내리면 그 친구가 생각난다. 그림을 잘 그리던 친구였는데 불편한 팔과 되돌아오지 않는 얼굴로 어떻게 지내는지.

기압골의 영향으로

사계절이 뚜렷해서 우리나라 좋은 나라라고 배웠는데 내게는 별로 그렇지는 않다. 계절마다 적응하기 어렵고 날씨의 변화에 따라 감정이 엉망일 때가 많다. 온도와 습기의 변화가 심해서 번거롭고 귀찮은 일이 한두 가지가 아니다. 딱히 맑고 고요한 날씨만을 좋아하는 것은 아니지만 정말 쾌적한 날씨는 1년 중 몇 날 안 되는 것도 같다. 실제 폭우와 강풍, 폭설과 한파는 날씨로만 그치지 않고 여러 사건 사고를 불러오기도 한다. 전봇대가 뽑히고 간판이 날아가고 가로수가 쓰러지는 일은 듣기만 해도 끔찍하다. 큰 바람을 타고 날아가 멋진 신세계에 도착하는 그런 일은 일어나지 않는다. 한여름의 무더위와 장마도 무섭긴 마찬가지다. 홍수가 나서 강물이 불어나면 가로등이 잠기고 산책로가 사라지고는 한다. 그럴 때면 천변 입구에 가드가 설치되고 노란 통제표가 붙는다. 물이 빠지고 나면 가로등에 달팽이가 덕지덕지 붙어 있다. 붉은 칸나가 빨래처럼 여기저기 걸쳐져 있기도 하다. 어쩐지 세균들이 우글우글할 것 같아 쳐다보기만 해도 몸이 근질근질해진다. 뉴스에서는 이재민 소식이 전해지고 부실 대책을 비난하는 목소리가 높다. 매해 똑같다. 성금 모금이 이어지고 피해 보상이 이루어진다고도 한다. 이미 삶이 절단 난 뒤의 일일 것이다. 태풍과 폭우가 지나간 늦여름은 덥기도 덥지만 몹시 시끄럽다. 한낮 멈추지 않는 매미 울음소리가 신경에 거슬리고 천변을 점령하고 있는 외래종 황소개구리들의 울음소리가 너무 커서 귀가 떨어져 나갈 것 같다. 더위와 습기와 소음 때문에 여름을 지내기가 어렵다.

　나는 줄곧 학교에 다니기 싫었다. 날마다 집 밖으로 나가는 것이 힘들었다. 비가 오나 눈이 오나 주말을 제외하고는 같은 시간 같은 곳으로 같은 사람들을 만나러 가는 것이 얼토당토않게 느껴졌다. 이른 등교가 버거워서 지각하기 일쑤였으며 수업 시간에 몽상과 졸음에 잠겨 제대로 된 생활을 할 수 없었다. 이상하고 삐딱한 나를 참아주었던 친구들과, 그런 나를 안쓰럽게 여긴 선생님들 덕분에 그래도 무사히 그 시절을 지나왔던 것 같다. 종종 교복을 입은 채 흠뻑 비를 맞고 꼼짝 않고 서 있거나, 하루 종일 엎드려 울거나, 공연히 기분이 나빠져서 조퇴하고 집에 가버리는 학생이었던 나는 아마도 날씨에 예민했던 게 아닐까. 태양과 달의 인력에 반응했던 게 아닐까. 기압골의 영향으로 나는 내가 상상할 수 없는 곳에 늘 이상한 방식으로 돌출했다. 날씨 탓이 아니라 그냥 통제 불능이라 해두자.

그런 내가 어떻게 사람이 되었을까. 고등학교를 무사히 졸업하고 나서는 매일 학교에 나가지 않는 게 다행이었다. 날이 굳거나 기분이 엉망일 때는 혼자 방에서 꼼짝하지 않을 수 있어서 좋았다. 종일 틀어박혀 책이나 영화를 보고는 했다. 그리고 아무 때나 아무 데로나 떠날 수 있어서 좋았다. 배낭여행과 어학연수 붐이 일던 때라, 그 유행을 타고 오래도록 혼자 맘껏 나다닐 수가 있었다. 이국 거리에 우두커니 앉아서 불안을 떨치는 연습을 했던 것 같다. 몇 달씩 한국어를 말하지 않으면 그래도 말을 좀 하고 싶은 기분이 들었다. 가족이나 친구들과 떨어져 있는 게 큰 도움이 되었다. 수개월씩 안 보다가 보면 반갑고 고마운 사람들이었다. 지저분하고 냄새나는 거리, 흠뻑 비에 젖어 헤매다가 도착한 미술관, 땡볕 아래 포도밭, 더럽고 배고픈 강물, 달력 그림같이 우아한 정원들, 야간열차에서의 불편한 잠, 동양인 여성을 향해 날리는 음흉한 미소, 유색인종에 대한 천대와 멸시, 큰 개에게 쫓기던 막다른 골목, 붉은 사막의 열기와 쏟아져 내리던 별들, 버섯 모양의 바위와 그 아래 미로 같은 동굴들, 종과 이름을 알 수 없는 희한한 식물과 동물들, 거꾸로 매달려 대롱거리는 박쥐들, 추운 겨울 한뎃잠, 알아들을 수 없는 무수히 많은 말들. 내 자신이 작고 약하고 아무것도 아니라는 사실을 알고 나서야 마음이 좀 진정이 되었다. 10대 후반과 20대 초반 그렇게 유치한 과정을 통해 나는 겨우 사람이 되었던 것 같다. 기압골의 영향을 조금씩 극복할 수 있게 되었다.

폭설

질 들뢰즈의 말을 빌리자면, 구로사와 아키라는 "비가 내리는 동안 자기의 이미지를 만드는" 사람이다. 그러고 보니 그의 영화에는 추적추적 비가 참 많이도 온다. 나의 날씨에 대해 생각해보는 밤이다. 언젠가 초여름 바람이 선선하고 하늘이 맑고 구름이 두엇 떠간 적이 있었다. 가슴이 두근거리고 공기가 달았다. 그건 나의 날씨라는 말이다. 늦봄 벚꽃이 흩날려 꽃비가 쏟아지던 날도 기억이 난다. 내게 뭔가 오고 있었다. 어떤 예감 때문에 가슴이 울렁거렸다. 대개 그런 날들은 잊지 못할 사람들과 함께 온다. 함께 우산을 쓰고 걸었던 사람, 한쪽 어깨가 다 젖었던 사람, 땡볕 더위에 그늘을 찾지 못하고 함께 길을 헤맸던 사람, 팔에 반팔 자국이 선명해서 웃겼던 사람, 볼이 째지는 듯한 칼바람을 맞으며 한겨울 자전거를 함께 탔던 사람, 콧물을 줄줄 흘리며 뜨거운 국물을 마셨던 사람. 그런 날들이 있었다. 나를 간단히 잊고 그저 그날의 날씨와 함께했던 사람들. 기억나는 것이 사람인지 날씨인지 잘 모르겠다. 이상하다. 감정보다 사람보다 그런 날의 날씨가 더 생각나는 것이.

폭설이었다. 사람을 떠나보내야 하는 날이었다. 뒷모습을 볼 자신이 없어서 공항에 나가지 않았다. 그런데 눈이 너무 많이 와서 비행기가 뜨지 못하고 발이 묶였다. 몇 시간째 공항이라고 했다. 활주로의 눈을 다 치울 때까지 기다려야 한다고 했다. 길이 없어지고 사람의 허리까지 빠지는 기록적인 폭설이었다. 밤인데 창밖은 어둡지 못했다. 희뿌연히 밝았지만 아무것도 보이지 않았다. 눈은 그치게 마련이다. 예정했던 밤 비행기 대신 아침까지 기다려서 기어코 떠난 사람이 있다. 눈의 무게를 견디지 못하고 지붕이 내려앉듯 며칠 후

주저앉았다. 그날 이후로 가지 마라, 가지 마라 소리를 내며 눈은 내린다. 적절한 이별의 장면을 연출하지 않은 까닭에 마음속에서 잘 떠나지 않는 사람. 겨울은 그렇게 길고 오래고 늘 다시 돌아왔다.

내상과 균열이 글을 쓰게 만들었다. 갑작스럽게 길을 잃었고 내 자신이 산산조각 난 것 같았다. 할 수 있는 것이 별로 없었다. 낮이고 밤이고 무엇인가를 쓰지 않고는 견디기 어려웠다. 문학사도 예술 이론도 다 잊고 내 자신만을 생각하며 살려고 썼던 것 같다. 잘 살기 위해서가 아니라 그저 살아내기 위해서. 심리적 상처 때문에 일시적으로 다리 마비가 오고 걷지 못하게 되었다는 이야기를 들은 적이 있다. 함께 들었던 사람들이 다들 이해하기 어렵다는 표정이었지만 나는 그 상태를 알고 있었다. 몸으로 겪었기 때문이다. 발을 딛고 바닥에 설 수가 없었다. 얼마 지나지 않아 서게는 되었는데 어디로 가야 할지 알 수 없었다. 그게 더 문제였다. 횡단보도 신호등 앞에서 길을 잃게 되었다. 파란불이 켜졌는데 건너지 못하고 길 한가운데에 오래 그렇게 서 있었다. 그래도 웃으면서 사람들을 만나러 나갔다. 사람들이 내가 쓴 시가 재밌다고 했다.

날씨와 교육

 첫아이를 12월에 낳고 병원에서 잠시 머물 때였다. 몸과 마음이 지쳤다. 창밖으로 눈이 내리는 게 보였다. 바깥 세계가 멀고 아득하게 느껴졌다. 빙판길을 걸어 반찬과 과일을 잔뜩 짊어지고 온 엄마와 다투게 되었다. 엄마 제발 이러지 마, 누가 먹는다고. 또 넘어지면 어떻게 해. 병원 복도에서 엄마는 어딘가로 전화를 했다. 그년이 애를 낳고도 그래, 했다. 엄마와 나와 갓난이가 모두 울고 있었다. 내게 겨울은 왜 그렇게 혹독한지.

 비를 피하는 방법, 그늘에서 쉬는 방법, 햇빛을 가리는 방법 이런 것도 다 가르쳐야 한다는 것을 새롭게 알게 되었다. 비가 오면 아이들에게 우산 쓰는 법을 가르쳐야 하는데 이게 쉽지가 않다. 세 살, 여섯 살 어린 두 아이는 우산을 제대로 받쳐 들고 걷지 못했다. 우산으로 앞을 가리고 부딪치거나 넘어지고, 엉뚱한 데를 받쳐 들고 비는 저 혼자 다 맞기도 한다. 물웅덩이에 일부러 빠져 첨벙거리며 신발을 흠뻑 적시기도 하고, 우산을 뱅글뱅글 돌리며 물방울을 사방팔방 튀기기도 한다. 우산을 든 채 좁은 문을 통과하려 들거나 실내에서도 접지 않으려고 떼를 쓴다. 모자를 쓰고, 커튼을 치고, 비옷을 입는 것들도 일일이 다 가르쳐야 한다. 땀을 식히고, 옷을 입고 벗는 것도 모두 다. 배움을 불러일으키는 이 날씨와 날씨의 변화란 얼마나 번거로운가. 삶은 얼마나 많은 귀찮음을 유발하는가. 그런데 아이들은 그렇지가 않다. 비가 와서 장화를 신고 비옷을 입고 우산을 들고 나서는 것이 신난다. 물웅덩이가 반갑고 젖은 모래를 좋아한다. 봄여름으로 천변에 꽃이 펴서 신나고 강아지풀을 특히 좋아한다. 나비가 날아다녀서 흥분하고 잠자리를 잡느라 더위에 지칠 줄도 모르고 뛰어다닌다. 더위를 식히기 위해 분수대에 뛰어든다. 빈 통을 들고 무당벌레나 지렁이 잡기에 나선다. 도토리, 밤, 동백 씨앗을 주우면 마치 그것이 금은보화인 것처럼 소중히 여긴다. 줄지은 개미를 쳐다보느라, 나무 위의 매미를 잡느라 땀을 뻘뻘 흘린다. 겨울 호수 여행을, 여름 갯벌 체험을, 수목원 산책과 산림욕을, 노천 온천을 나보다 더 즐긴다. 저렇게 신날 수가 없다. 내게도 그런 어린 시절이 있었을까. 그럴 것이다. 아마도.

날씨 극복 프로젝트

당신에게 날씨는 두려움입니까, 도전입니까, 로 시작하는 외국 자동차 광고가 있다. 날씨를 극복하고 드라이빙의 즐거움을 선사하는 최고급 차라고 말한다. 퇴근길 집에 도착하기 전에 미리 켜두는 보일러도 있다. 기술로 극복 가능한 것이 날씨이지만 모두에게, 언제나 다 그런 것은 아니다. 추위나 더위는 가난과 고통을 더 두드러지게 하는 것 같다. 송전탑 위의 찬 바람, 시위 현장의 땡볕, 한 평 반짜리 방의 숨 막히는 더위, 바다의 수온과 수압 그런 것들 말이다. 라디오 뉴스에서 인터뷰가 흘러나왔다. 굴뚝에 올라간 사람들이었다. 식사는 어떻게 하는지, 잠을 잘 수는 있는지, 추위를 어떻게 견디는지 진행자가 조심스럽게 물었고 의외로 담담한 대답이 이어졌다. 가스비를 아끼기 위해 보일러 눈금을 조심스럽게 조정하는 내 손이 부끄러워졌다.

몇 달째 머릿속에서 떠나지 않는 것이 있으니 바로 소녀의 눈빛이다. 내가 만난 적 없고, 잘 알지 못하는 창문 너머의 눈빛. 아무도 보지 않고 무엇과도 마주치지 않는 눈. 커다랗고 망연한 잿빛 어둠 속의 눈빛. 심연으로 가라앉는 눈빛

말이다. 거기엔 날씨가 없고, 이름이 없고, 빛이 없다. 죽지도 못하고, 잊히지도 않는 그런 눈빛. 눈 뜨고 있지 않으나 영원히 감을 수 없는 그런 눈을 어쩌나. 블랙홀처럼 말과 감정과 생각을 모두 빨아들이는 거대한 공동. 바다나 굴뚝, 이런 일반명사들이 이제 한국어에서는 고유명사가 되어가고 있는 것 같다. 용산이나 밀양, 강정 같은 지역명에도 사람들의 고통과 상처가 깊게 배어 그런 말들을 쓰기가 쉽지 않다. 삶의 빚도, 말의 빚도 무겁다.

소피의 힘

「하울의 움직이는 성」(2004)에서 소피는 마녀의 저주로 쭈글쭈글한 할머니가 된다. 동생을 만나러 가는 길에 하울의 도움을 받아 마녀의 미움을 샀던 것이다. 소피는 놀라고 당황하지만 다음 날 아침 주름진 얼굴을 거울에 비춰 보고 "괜찮아, 건강해 보이고 옷도 더 잘 어울린다"고 말한다. 늙은 소피는 저주를 풀기 위해 모험을 떠나고 허수아비의 인도로 하울의 성에 이르게 된다. 강력한 마법의 힘을 가진 하울은 심성이 나약한 데 반해 성의 청소부가 된 소피는 자신을 찾아가는 여정에서 강인한 정신력을 보여준다. 다양한 시공간을 여행하며 그녀는 하울의 움직이는 성을 지키는 실제 주인으로서 역할을 톡톡히 해낸다. 기차와 군함, 포탄 등으로 상징되는 전쟁의 무시무시한 힘에 맞서는 것은 하울이지만 말이다. 상처 입은 하울을 보듬는 소피의 성性 역할과 정체성에 대해 비판의 여지가 아주 없는 것은 아니다. 그러나 늙음과 추함을 거느리는 소피의 힘에 나는 더 관심이 간다. 한 번도 자신이 예쁘다고 생각해본 적 없는 이 소녀의 대단한 용기는 어디서 비롯된 것일까. 우리는 다 같이 늙음을 끔찍이 여기고, 우리 사회는 젊음에 대한 동경으로 몸살을 앓고 있는 것처럼 보일 때가 많다. 죽음에 대한 불안이라고 하기에는 병적인 데가 있다.

나이 든 연예인을 보고 있으면 뭐랄까 살과 성의 무거움을 한꺼번에 느끼게 된다. 전성기를 지난 여배우들이 시간의 흔적을 지우기 위해 시술 같은 것을 자꾸 받는지 얼굴이 울퉁불퉁해서 부자연스럽다. 걸 그룹을 바라보기 불편한 것도 마찬가지다. 앳되고 청순한 얼굴에 섹시하고 풍만한 몸매의 결합은 우리들의 일그러진 욕망을 그대로 보여주는 것 같아 민망하다. 또 대부분 카메라 앵글에 맞춰 얼굴을 뜯어고치는 모양인데 전혀 아름다워 보이지 않는다. 종종 기괴한 느낌도 든다. 그런데 그들의 기계적인 미에 싫증이 난다고만 할 수 없는 복잡한 시선이 존재하는 것 같다. 자연스럽게 늙어가는 것이 좋다, 고 말하기는 쉽지만 대중문화나 미디어를 대하는 우리들의 시선은 훨씬 더 복잡하고 이중적이다. 거기에는 신체를 학대하고 성을 상품화하는 자본주의 문화의 흐름이 있고, 대중들 역시 변치 않는 젊음에 대해서는 찬사를 보내고 자연스럽게 뒤따르는 노화에 대해서는 외면한다. 불균형과 부조화를 조장하는 건 그들의 욕망이 아니라 우리들의 폭력적인 시선일 것이다.

　이런 문제의식은 이미 익숙한 것인지도 모르겠다. 「죽어야 사는 여자」(1992)에서 아름다운 두 여인, 메릴 스트립과 골디 혼은 이미 '끝'까지 간 바 있다. 이 영화는 젊음을 유지시키는 묘약에 대한 집착과 미에 대한 탐닉을 극대화해서 보여준다. 줄줄 흘러내리는 피부와 아무렇게나 꺾이는 관절들의 기괴함 때문일까. 이 영화는 판타지로 분류되지만 인간들의 욕망을 노골적으로 보여주는 블랙코미디로 봐야 할 것 같다. 이제 보니 원제가 'Death Becomes Her'이다. 몸에 바람구멍이 난 골디 혼과 고개가 뒤로 돌아가버린 메릴 스트립이 무능하고 우유부단한 박사 브루스 윌리스를 사이에 놓고 서 있는 영화 포스터를 보면, 그녀들은 확실히 유령처럼 보인다. 죽은 자들은 무표정하고 눈빛이 흔들리지 않는다. 고민이 없다. 두 여인은 영원한 젊음과 아름다움에 못 박힌 거대한 욕망덩어리로 존재한다. 애초 시작은 박사의 사랑을 독차지하기 위한 것으로부터 출발한 듯 보이지만 사랑은 이미 뒷전이다. 노화를 극복할 수 있다면 그녀들은 죽음도 두렵지 않았던 것이다. 아니 죽음을 통과해서 그녀들은 그녀 자신이 된다.

o

어린 시절 좀 여리고 마르고 싶었으나 나는 한 번도 그래 본 적이 없다. 기골이 장대한 아버지에게서 크고 건강한 육체를 물려받아 만며느릿감 소리를 들으며 자랐다. 나이 든 사람들만 내 외모에 호감을 가졌다. 미팅을 하면 1순위는 언제나 내가 아니었다. 죽자고 쫓아다녀도 연애가 잘 걸리지 않았다. 그나마 대학 다니면서 과음과 밤샘으로 살이 좀 빠지기는 했다. 그래도 종종 힘세고 튼튼한 몸이 불편했던 기억이 난다. 요즘은 여러 번의 출산 후 체중과 체형이 돌아오지 않아 마음이 무겁다. 마흔이 되었는데 아줌마가 아니라고 우기기도 그렇지만 길거리 쇼윈도에 비춰진 내 모습을 보면 정말 난감하다. 어느새 젊음은 내게서 빠져나갔다. 외모쯤이야 어때, 라고 말하는 당당하고 용감한 시절이 있었지만 지금은 초라한 기분이 드는 걸 어쩔 수 없다. 젊음을 대신해서 내가 가져야 할 것은 무엇인가, 라는 생각이 제일 먼저 떠올랐다. 젊음이 더 이상 내 것이 아니라면 우아하게라도 늙고 싶었던 것일까. 무엇을 대신한다는 관념 자체가 마치 중요한 것을 잃어버린 듯한 피해망상적 집착인 것 같아 스스로도 한심하고 부끄러웠다. 소피처럼 대담하게 괜찮아, 하기가 어려웠다. 어쩐지 여성 문인이라면 좀 마르고 어둡고 고독한 이미지여야 할 것 같지만 내 외모와 분위기는 사실 그렇지 않은 편이다. 그것 역시 타고나는 것이니 어찌하겠는가. 한때 나는 분위기나 상대방을 고려하지 않고 막 입고 다녔다. 격식을 차려야 할 자리에도 청바지를 입고 야구 모자를 쓰고 나갔다. 젊음이라는 방패막이가 있어서 괜찮았지만 지금은 그럴 배짱이 없다. 어두운색 정장을 골라 최대한 튀지 않게 입어야 할 때가 더 많아졌다. 멋을 내기 위해서는 시간과 에너지와 비용이 상당히 필요한데 그렇게까지는 하지 못한다.

젊음에 대한 집착과 아름다움에 대한 욕망은 친구들과의 수다나 이웃들 간의 만남에서도 쉽게 드러난다. 서로 엿보거나 모방해가면서 세련된 여성이 되기 위해 애쓴다. 보통의 여성들도 피부 관리를 받고, 염색을 하고, 영양제를 복용하고, 운동을 하고, 식이조절을 하는 등 건강과 젊음을 유지하기 위해 나름대로 노력한다. 자기 관리를 하는 여성들의 당당함을 부정적으로 볼 수는 없지만 이러한 현상은 종종 음식에 대한 집착이나 쇼핑 중독과 붙어 있는 것 같다. 유행에서 뒤떨어지는 것에 대한 두려움도 한몫 거든다. 미래는 불투명하고 죽음은 두렵지만 여성으로서 몸과 마음이 요구하는 바는 비교적 분명해 보인다. 젊게 보여라, 아름다움을 포기하지 마라, 정도가 될 것이다. 종종 이런 말들을 주고받기도 한다. 우리 늙으면 나중에 함께 여행 다니자. 평범한 도시 여자들로서 젊음 이후가 내심 불안한 것이다. 우리 부모들이 그러한 것처럼 유람과 관광으로 시간을 보내게 될 것이다. 추억을 방울방울 터뜨리며 말이다. 그 안에 나도 있을 것이다. 늙고 병든 몸과 마음을 어떻게 끌어안을지 정말 고민이 필요한 것 같다.

확실히 못생김과 비만, 노화를 게으름으로 여기는 관성이

있는 것 같다. 그러나 실제 부지런한 관리와 운동은 경제적
으로 여유 있는 사람들의 특권이어서 계층화의 심화를 지시
하는 문제이기도 하다. 예전에는 부자가 뚱뚱했지만 뒤바뀐
지 오래다. 가난한 사람들이 심각한 비만과 질병, 장애를 겪
는 현실이 사회문제가 되고 있는 것이다. 노화를 극복하고
건강한 젊음을 유지하는 것은 부자들의 특권이자 그들만이
누리는 지복인 것처럼 보인다. 「푸드 주식회사」(2008)에서
라틴계 미국 이민자 가족은 10달러를 들고 고민한다. 하지
만 신선한 야채와 과일 대신 햄버거를 사는 것이 여러모로
이득이어서 오래 고민하지는 않는다. 중년인 그들은 이미 비
만과 당뇨, 고혈압 등에 시달리고 있다. 아이들도 성인이 되
기 전에 이미 성인병에 걸릴 위험에 노출되어 있다. 경기 침
체를 비껴가는 소비 품목이 있으니 보정 속옷과 저가 화장
품, 미니스커트 등이다. 서민들이 이런 자잘한 품목들을 소
비하며 자신의 욕망을 값싸게 대리하고 있는 동안 부자들은
자신의 부와 권력을 유지할 방편으로 서민들의 삶을 유린할
사업을 구상하고 있는 것은 아닐까. 한 사람의 평생 스타일
은 출생할 때 이미 결정된다는 생각에 이르면 조금 울적해
진다. 태생적인 초라함을 청순함이라고 바꿔 부를 수 있는

것도 젊었을 때 잠깐인 듯하다.

○

김수영의 시를 읽다 보면 미인에 대한 '옛적' 관념을 찾아
볼 수 있다. 스스로를 미인으로 생각하는 미인은 없다는 것,
그런 미인은 미인이 아니라는 시적 진술이 요즘에는 잘 들
어맞지 않는 것처럼 보인다. 요즘은 너도나도 인정하는 미
인이 있다. 그리고 미인은 자기 자신이 미인인 줄 안다. 그만
큼 미적 표준화가 되어 있다는 얘기일 것이다. 대중매체가
발달하고 젊음과 노출을 상품화해선지 아름다움보다는 스
타일을 더 중요하게 생각하는 것 같기도 하다. 어찌 되었든
김수영의 시대에는 미에 대한 여러 다양한 기준이 작용했던
것 같다. 얼굴만 예쁘다고, 몸매만 좋다고 미인이 아니던 시
절 말이다. 아름다움에 대한 경외감이 있었기 때문에 "미인
과 앉은 방에선 무심코 / 따놓은 방문이나 창문이 / 담배 연기
만 내보내려는 것은 / 아니렷다"(김수영, 「미인」)고 말했던 것
이겠지. 몸가짐이나 자태에서 아름다움을 느끼거나 조신함
을 아름답다고 생각하던 시절이 있었다. 그런데 지금은 시각

적인 것, 비주얼 자체에 함몰되어 있는 것 같다. 인간이 가지고 있는 여러 다양한 감각 중에 시각 의존도가 높은 것 역시 현대사회의 특징적 면모라고 할 수 있다. 현대문화는 시각적 기술 의존도가 매우 높다. 사진, 영화, 게임, 만화 장르뿐만 아니라 인터넷과 스마트폰의 사용은 정보의 시각화로 우리의 눈을 날마다 혹사시킨다. 다른 감각은 보는 것을 보충하는 것으로 전락하게 되고, 영상과 이미지가 실제를 지배하고 실존감을 조작하는 데 이른 것 같다. 눈은 의외로 폭력적이고 한계가 많은 감각기관인데 말이다. 눈을 통해 가장 쉽고 빠르게 사물을 인지하고 분별할 수 있지만 눈은 깊이를 체감하는 것을 방해하고 다른 감각에 대한 환기와 침투를 차단하는 경우도 많다. 단순히 보는 것을 떠나서 정말 잘 본다는 것은 어떤 것일까. 김수영은 「생활의 극복—담뱃갑의 메모」에서 "모든 사물을 외부에서 보지 말고 내부로부터 볼 때, 모든 사태는 행동이 되고, 내가 되고, 기쁨이 된다. 모든 사물과 현상을 씨(동기)로부터 본다"고 말한 적이 있다. 김수영의 시에는 보다, 생각하다, 알다 등 인지 및 사유 과정을 드러내는 서술어들이 두드러지게 나타나는데, 특히 '보다'는 단순히 보는 것이 아니라 사물을 꿰뚫어 보는 성찰의 과정을 포함하고 있는 것으로 그의 시 세계에서 중요한 부분을 차지한다.

이 성찰은 시간의 깊이를 체감하는 능력을 통해 이루어지는 것이 아닐까. 현재에 숨 쉬고 있는 과거와 미래를 감각하고 이해하는 것이 중요하지 않을까. 현존 안의 과거와 미래를 해독하고 애정을 갖는 능력이야말로 단순하게 눈으로 보는 것만으로는 흉내 낼 수 없는 일이다. 소피는 아버지가 운영하던 모자 가게를 이어받아 모자 만드는 일을 한다. 시골의 조그만 모자 가게인데 황야의 마녀는 가게가 초라하다고 비웃고, 새어머니조차 시내에 나가 신식 모자를 둘러쓰고 오기도 한다. 발랄한 여동생 역시 초콜릿 상점에서 일하며 언니에게 새 일을 찾으라고 조언한다. 그러나 소피는 묵묵히 모자 가게를 지킨다. 소피는 새로움과 낡음이라는 이분법적 가치판단에 쉽게 흔들리지 않는다. 할머니가 된 소피는 하울의 성에서 지저분한 성을 청소하는 일을 자처하는데 이 일을 통해 하울의 상처와 콤플렉스가 드러난다. 그리고 하울이 마련해준 방에서 바느질을 시작하는데 그 모습이 모자를 만드는 일과 거의 흡사하게 그려진다. 모자와 옷을 손수 만드는 재래의 낡은 방식은 소피의 능력이라고 할 수 있을 것 같다. 이런 일들을 하며 소피는 하울의 어린 시절을 통과해내기도 한다. 흉물스러운 검은 새로 변신할 수밖에 없는 하울의 내력도 밝혀지는데, 하울은 "유성을 잡은 자 마음이 없는 사내"로 심장의 불 캘시퍼가 몸 밖에 따로 존재한다. 바로 그 불이 하울의 성을 움직이고 하울의 변신한 몸은 매번 지난한 싸움을 위해 성 밖을 나섰던 것이다. 소피는 하울의 고된 싸움을 이해하고 사랑으로 그의 마음을 되돌려주었는데, 그것은 과거를 이해하고 미래를 예감하는 소피의 능력에서 비롯된 것이라고 할 수 있다. 젊은/늙은 소피의 커다란 눈은 사물을 바로 보는 능력을 가지고 있었던 것이다.

미야자키 하야오의 애니메이션에서 주인공들은 끊임없이 날아오른다. 꿈의 비행과 그때마다 불어오는 바람은, 그가 드러내놓고 추구하는 자유를 이상화한 표현 방식일 것이다. 국가의 전체주의에 대항하여 개인의 자유를 추구할 수 있는 기회를 감독은 소중하게 여기는 것 같다. 하울이 국왕의 부름을 거부하고 스스로 악마와의 거래를 끊도록 소피의 도움을 받아들이는 것도 그러한 설정 가운데 하나일 것이다. 고난과 역경을 헤쳐나가는 소피의 용기와 아름다움은 그녀가 소녀와 할머니를 오가면서 발생한다. 팔팔한 할머니와 소심한 소녀의 이상적 조화를 소피에게서 발견할 수 있으며, 하울은 그런 소피를 사랑하게 되고 저주에서 풀려난다. "마음은 없는데 힘은 넘쳐나는" 겁쟁이 하울은 드디어 마음을 되찾을 수 있게 된다. 요상하고 괴기한 성을 움직이는 불의 악마 캘시퍼도 드디어 제자리를 찾아간다.

o

 미야자키 하야오의 다른 많은 작품이 그러하듯, 「하울의 움직이는 성」 역시 기술 문명에 대한 비판을 포함하고 있으며 인간이 가지고 있는 꿈과 환상을 정말 그럴듯하게 보여준다. "사람들이 평온해졌으면" "소피 이제 널 지키고 싶어" 등의 하울의 말 속에 포함된 화해와 사랑의 모드가 다소 소박하기는 하지만 현재와 과거를 오가면서 애써 지키고자 하는 관념으로서 역시 그것 말고는 찾을 수 없기는 하다. 소피는 늙음을 가면처럼 쓰고서 화해를 이끌고 사랑을 지켜간다. 그런데 화면 속에서 소녀 소피와 할머니 소피로 이분되지는 않는다. 이야기가 진행됨에 따라 여러 나이 대를 오가는 시각적 혼돈을 보여주는데 어떤 사건이나 국면에 닥치면 감정적으로 동요하고 갑작스럽게 소녀가 되었다가 다시 할머니로 돌아오기도, 꼬부랑 할머니였다가 다시 조금 젊은 중년의 소피가 되기도 한다. 외부 환경과 감정 양상에 따라 여러 나이 대를 오간다. "원래 마음은 무거운 거야"라는 소피의 말처럼 무거운 마음을 감당하기 위해 신체 나이는 마법처럼 움직인다. 소피가 그러한 것처럼 젊음에서 늙음으로 선조적線條的으로 이행하지 않으며, 젊음과 늙음은 이분화되는 것이 아니라고 생각해본다. 주름진 피부와 얼룩, 탄력 없는 몸매가 시간이 덧씌운 무거운 가면이라면 실체와 가면 사이에서 여전히 꿈과 현실이 섞이지 못하고 출렁거리고 있는 것이 아닐까. 나의 늙음이 젊은 나와 분리되지 않도록 하는 방법으로서 시간을 꿈의 언어로 붙들어두는 걸 제안해본다. 젊음과 늙음이 잘 어울려 서로 기대면서 내가 된다고 생각해본다. 사랑하라. 누구를, 무엇을, 어떻게, 라는 물음을 유지하는 것이 젊음/늙음이라는 이분법을 넘어서는 방법이 될 것이다.

새를 키우고 싶어요

살아 있는 새

얼마 전부터 큰아이가 새를 키우고 싶다고 졸라댔다. 어린 동생들이 있어서 아직 애완동물을 키울 수 없다고 설명해줘도 소용없었다. 아이는 스케치북에 그린 새를 오려서 집 안 여기저기 붙여두었다. 앵무새인 것처럼 보였다. 산책길에 무슨 열매껍질을 주워 와 손가락에 끼고 놀면서 제비라고 했다. 정도가 심한 것 같아 새 모양 장난감을 하나 사서 매달아주었지만 그건 거들떠보지도 않았다. '살아 있는' 새를 원한다고 했다. 초등학교 가면 꼭 키우고 말겠다는 다짐을 받아두었다. 나는 흔히들 그러는 것처럼 새의 날카로운 부리와 발톱이 무섭고 고약한 냄새와 시끄러운 소리도 싫다. 방 안 가득 새장을 들여놓고 수십 마리의 새를 키우시는 후배 아버지의 취미 생활에 대해 들은 적이 있는데 그걸 다 어떻게 감당하시는지 궁금해진다. 철새를 쫓아다니는 사진가, 희귀종 새를 좋아하는 동물 애호가들도 많을 텐데 내가 편협한 것 같다. 길거리의 비둘기를 보는 것만으로도 충분하니 말이다. 너무 비대해진 몸을 가누지 못하고 쭈그려 앉아 있거나 이른 새벽 토사물을 쪼아 먹는 것을 보면 비위가 상한다. 쥐가 갉아 먹은 것이라는 이상한 소문을 증명하듯 잘린 발톱도 보기 흉하다. 전선줄이나 날카로운 것에 상처를 입은 것이겠지. 사람을 무서워하지 않고 친근하게 다가서는 것도 꺼려진다. 멀리서 한꺼번에 흰 비둘기라도 날아오르면 평화의 상징처럼 보이려나. 갈매기도 마찬가지다. 생각했던 것보다 엄청 크고 요란했다. 바닷가와 선상에서 과자를 던져주며 사람들이 즐거워했지만 히치콕 영화 속에서 보았던 공격적인 모습이 떠올라 이내 발걸음을 돌렸던 기억이 난다. 동물원의 홍학이나 백공작도 페인트 통을 뒤집어쓴 듯 우습게 보인다. 맹금류에 해당하는 부엉이, 독수리를 보면 생각보다 너무 커서 무섭지만 조금 신기하기도 하다. 그러고 보니 어릴 적 우물 있는 집에 살 때 공작이 뒷마당에 날아들어서 우리를 지어 한동안 키운 적이 있었다. 친구들이 구경 오기도 했다. 병든 병아리보다는 오래 살았지만 그렇게 큰 새를 감당하기에 벅찼다. 새벽이면 사나운 소리로 울어대며 잠을 깨웠는데 이불 속에서 듣기 무서웠다. 얼른 풀어주지 않으면 벌을 받을 것 같은 느낌을 자극했던 것 같다. 죽었는지 팔았는지 잘 기억나지 않는다. 어느 날 빈 우리를 보게 되었을 때 아쉬움보다 반가움이 더 컸다. 아름다운 날개를 펼치는 숫공작이 아니었으니 더 그랬을지도 모르겠다.

새가 왜 두려운 것일까. 상상 속의 새는 아름답고 많은 새들이 자유와 고독의 이미지를 거느리며 인간의 생활 속에 들어와 있지만 내게 퍼덕이는 새는 실세계에서 날아오른다고 해야 할까. 무서운 것이라면 맹수가 더 그렇고 징그러운 것이라면 벌레가 더 그렇지만 말이다. 일본 사찰 여행 중에 만났던 까마귀 떼, 나무에 거꾸로 매달려 괴상한 소리를 내던 숲속 박쥐들을 보았을 때 알 수 없는 공포감에 휩싸였다. 새란 내게 그 자체로 두려움이자 공포다. 인간이 가지지 못한 날개를 꿈꾸며 비상의 이미지를 발견할 수도 있겠지만 내게 새는 잉여처럼 느껴진다. 뭔가 자연스럽지가 않다. 자신의 신체가 잉여처럼 느껴져 감당이 안 되고 끝내 견딜 수 없어 일부를 절단하는 정신 질환을 다룬 미드를 본 적이 있다. 자신의 거추장스러운 팔을 잘라서 냉동 보관했다. 고등어처럼 냉동실에 가로놓인 팔을 보여주는 장면은 끔찍했다. 언젠가 물기를 말리기 위해 세탁실에 거꾸로 뒤집어서 걸어놓은 고무장갑을 보고도 깜짝 놀란 적이 있다. 그것은 반쯤 인간의 팔처럼 보였다. 두 팔이 모두 이미 내 몸에 붙어 있는데, 그 온전함을 깨고 제3의 팔이 내 바깥에서 우두커니 나를 바라보고 있었다. 그러나 잉여라는 것은 나를 뒤흔들어 놓는 나의 또 다른 모습인 것도 같다. 나는 종종 영화 속에서 나의 모습들을 발견하기도 하는데 스크린이 거울이 되는 순간이다. 장르의 특성상 프레임 속에 수많은 우연과 공백이 자리 잡기 때문일 것이다. 감독과 배우와 관객이 만들어내는 시선과 거리 속에서 러닝타임 동안 '나'는 분열과 이합집산을 반복한다. 우연과 실수와 반복 속에서 산출되는 주체를 적극적으로 사유하는 영화를 보았던 기억을 되살려본다. 요즘 나는 나의 두려움과 내가 낳은 두려움 사이 길을 잃고 헤매고 있는 것 같다.

사랑에 빠지다

히치콕의 영화「현기증」(1958)에서 고소공포증을 앓는 남자 스코티를 만나게 된다. 사다리 한두 칸을 올라가서도 휘청거리는 그의 모습은 딱하기 그지없다. 동료 형사가 범인 추격 중에 미끄러져 지붕에서 추락하는데, 동료를 구하지 못했다는 자책감에 시달리는 것이다. 그러나 문제는 거기에만 있지 않다. 매들린이라는 이상적 여성과 주디라는 실제의 여성 사이에서 그는 허수아비처럼 나약하게 흔들린다. 매들린은 주디를 모델로 하여 꾸며낸 가상의 인물이고 실재하는 것은 주디지만 스코티에게 절실한 것은 매들린이며 주디는 껍데기에 불과하다. 매들린은 꿈처럼 신비롭고 죽음처럼 아름답지만 주디는 유령처럼 모호하거나 차갑다. 주디는 스코티를 사랑하게 되지만 그에게 그녀는 매들린으로서만 의미가 있다. 매들린 역할을 통해서만 스코티의 사랑을 받을 수 있기 때문이다. 그와 그녀는 결코 실제적으로 만나지 못한다. 현실 속에서 첫사랑이 늘 실패하는 것이라면 그런 이유 때문이 아닐까. 재현된 여성성이 거짓임이 드러날 때마다 스코티는 현기증을 앓게 된다. 그의 정체성을 지탱하는 익숙한 사고와 감각을 잃어버리고 추락하는 공포를 느끼게 되는 것이다. 종루에서 떨어져 죽게 되는 것은 주디지만 그녀는 매들린이라는 이미지를 끌어안고 함께 죽음으로써 스코티는 사랑하는 여성을 잃게 되며 남성 주체성의 문제는 영원히 미해결 과제로 남는다. 이 영화 속에서 남성 주체는 여성의 이미지에 따라 불완전하게 구성되는 것이며 그 이미지가 보증해주지 않으면 '흔들린다'. 현실 속에서 성 역할과 이미지는 상당히 고착화되어 있지만 실제로는 표류하고 있다는 사실을 감독은 실제와 환영 사이에서 현기증을 앓는 사내를 통해 보여주고 있다.

「북북서로 진로를 돌려라」(1959) 역시 남성 주체성의 문제를 다룬다. 로저 손힐이라는 실제 인물과 조지 캐플런이라는 가상 인물 사이에서 사건은 복잡하게 얽혀나간다. 로저 손힐은 적극적으로 주체성의 허구를 역이용함으로써 「현기증」과는 달리 행복한 결말을 맺는다. 이브 켄들이라는 아름다운 여성이 조력자 역할을 한다. 히치콕 영화의 여성 주인공들이 언제나 그렇듯이 이브 켄들은 더 많은 걸 알고 있고, 더 많은 것을 감수하며 그와 사랑에 빠진다. 로저 손힐이 조지 캐플런이 되어 '노스웨스트항공을 타고 북으로' 간 것은 표면적으로는 비밀 요원으로서 직업적 누명을 씻기 위한 것이라면 이면에는 어머니로부터 독립하지 못한 이혼남에서 벗어나기 위한 것이었다. 러시모어산에서 위험에 빠진 켄들을 구함으로써 그는 이 두 가지 문제를 동시에 해결할 수 있게 된다. 가상 인물로서 역할을 수행하고 모험을 감행함으로써 그 자신의 자리로 되돌아갈 기회를 잡게 된 것이다. 비행기 소음으로 가려진 인물 간의 대화는 우리가 알고 있는 사실이 실제와 비껴 서 있으며 언제라도 얼마든지 왜곡될 수 있음을 보여준다. 이 영화에는 보증되지 않는 진실과 존재의 허구적 가능성을 보여주는 장면들이 이야기 속에 재치 있게 자리 잡고 있다. 호텔 엘리베이터에서, 손힐의 어머니의 말에 모든 사람이 웃음을 터뜨리는 장면이 대표적이다. 아들을 실제로 죽이려는 살인 청부업자들에게 어머니는 공공장소에서 크고 또렷한 목소리로, "당신들 정말 우리 아들을 죽일 건가요?" 묻는다. 살인자들이 살인자 같지 않게 웃어버림으로써, 사실적이며 진지한 질문은 그 사실을 모르는 다른 사람들에게 어처구니없는 농담으로 전락해버린다. 동시에 사실을 은폐하는 즐거움과 황당함 속에 어머니의 아들 로저 손힐은 놓이게 된다.

히치콕은 영화 속에서 끊임없이 이동하고 반복하는 주체를 보여주면서 관객을 겹겹의 사실, 불분명한 진실에 동참하게 만든다. 매들린과 주디 사이에서 현기증을 일으키는 남자 스코티와, 조지 캐플런이라는 가상 인물 역할을 통해 누명을 벗고 자신의 정체성을 찾아가는 로저 손힐을 바라봄으로써 우리는 "도착적 모호함에 붙들린 공범자임을 발견하게 된다"(로라 멀비, 「시각적 쾌락과 내러티브 영화」). 사실과 허구 사이 나약하게 흔들리는 것이 사람이며, 결국 우리는 결정적인 이미지(순간)에 평생을 끌려가는 것인지도 모르겠다. 진실을 대면하기 두렵기 때문에 공포감에 반복적으로 휩싸이게 되는 것이 아닐까. 나를 여기까지 끌고 온 바로 그것에 대해 묻지 않는 것을 책임감이라 해야 할까, 비겁함이라 해야 할까. 바깥으로부터 '나'는 끊임없이 발생한다. 누군가 나를 딸이라고, 아내라고, 엄마라고 불러줬기 때문에 나는 그 역할 속에 빠져들고 만 것이 아닌가. 처음부터 끝까지 사랑이라고 하기에 꽤나 고된 삶이 지속된다. 문제는 남성성만이 아니다. 「피아노」(1993)의 에이다의 선택과 「스위밍 풀」(2003)의 사라의 유희 속에서 여성 주체가 어떻게 독립하게 되는지를 발견할 수 있다.

복수보다 달콤한 것은 없다

다소 도발적인 장면들을 포함하고 있는 영화 「스위밍 풀」
은 실제로는 한 권의 책이 쓰이는 과정을 보여준다. 추리소
설 작가 사라는 애인이자 편집장인 존의 별장에서 여름을
보내며 글을 쓰는데 어느날 줄리라는 젊고 아름다운 여성
이 나타난다. 늙고 볼품없는 사라는 글을 쓸 뿐이지만 줄리
는 휴가를 실컷 즐긴다. 사라는 사회적 인정에 대한 욕구도
성적 욕망도 해소할 뚜렷한 방법을 알지 못한 채 글에 매달
린다. 줄리는 편집장의 딸인 것처럼 소개되지만 사라가 만들
어낸 가상 인물로서 그녀 자신의 성적 대리자이자 글쓰기를
촉발시키는 환상적 존재이다. 줄리라는 가상 인물을 창조함
으로써 그녀는 남성 신화의 환상 속에서 벗어날 기회를 만
들어간다. 사라는 줄리를 훔쳐보는 것 같지만 실제로는 줄리
를 조종하며 자신이 원하는 때에 만나고 헤어진다. 검은 덮
개가 씌워 있었던 '스위밍 풀'은 줄리의 등장과 함께 덮개가
열리고 생기를 띠며 사라가 휴가를 끝내고 한 권의 이야기
를 완성하는 시점에 다시 덮인다. 강렬한 질투와 연민의 감
정을 불러일으키는 줄리는 사라가 만들어낸 가상 인물로서

의 역할을 충실히 수행한다. 여름 별장에서 사라와 줄리를 둘러싼 사건을 기록하는 일이 그녀의 작품이 되고, 작가로서 자신의 주체성을 찾아가는 과정이기도 하다. "충족되지 못한 욕망은 몽상을 움직이는 힘이고, 모든 몽상은 욕망의 완결이며 동시에 만족을 주지 못하는 현실에 대한 보정이다"(프로이트, 「창조적인 작가와 몽상」)에 정확히 대응한다. 사라는 여름휴가를 끝내고 돌아와서 자신이 쓴 원고를 존의 책상 위에 던져놓고 유유히 사라진다. 복수보다 달콤한 것은 없다는 듯이. 이전의 성공작에서 얻었던 부와 명성에 연연하지 않고 작가로서 새로운 길을 갈 수 있음을 암시한다. 더 이상 다른 이의 욕망(글을 써서 출판사와 독자를 만족시키는 일)을 자신의 것으로 대리할 필요가 없어진 것이다. 완성된 이야기에 대한 존의 혹평을 들으며 사라는 빙긋 웃는다. 그럴 줄 알고 다른 출판사에 넘겼노라고 말한다. 관객은 줄리를 향해 마지막 인사를 하듯 손을 흔드는 사라의 뒷모습을 보며 그녀가 존을 떠나 새로운 글을 쓸 수 있을 것이라는 기대감을 갖게 된다.

「피아노」의 에이다의 눈빛은 나의 손가락을 자르더라도 넌 나를 소유할 수 없어, 라고 말하는 듯하다. 물론 그녀는 말을 할 수 없는 벙어리지만 말이다. 자신의 유일한 언어인 '피아노'와 함께 바닷속에 빠졌을 때 그녀는 인생에 단 한 번, 최초로 자신의 욕망에 따라 삶/죽음을 선택하게 된다. 바닷속 깊이 남겨진 피아노와 이미 죽은 과거의 자신에 대한 상상은, 그녀를 새로운 삶으로 이동시킨다. 남편 스튜어트의 폭력성에서 벗어나 그녀는 말을 배우게 된다. 베인스는 에이다의 조력자로 그녀 자신의 욕망에 충실한 삶을 살 수 있도록 도와준다. 하나의 사물이 인물들에 따라 전혀 다른 기능을 갖고 있음이 드러나는 장면이 특히 인상적이다. 에이다가 입은 빅토리안 의복 후프는, 스튜어트에게는 방해물이지만 딸에게는 집이 되고 베인스에게는 그녀에게 이르는 문이 된다. 에이다는 한 남자의 아내로서는 불완전하게 흔들렸지만 변함없는 어머니의 자리에 있으면서 사랑을 통해 그녀 자신이 된다.

주체는 대상에 의존하여 형성된다. 왜곡된 형상과 뒤얽힌 구조는 주체의 환상을 보여주고 욕망의 움직임을 감지하게 해준다. 「스위밍 풀」의 사라와 「피아노」의 에이다, 그녀들의 모호한 떨림과 긴장은 시선의 얽힘과 이미지의 변주로 포착된다. 자신의 글쓰기를 시험하고 탐구하는 사라와 스스로를 죽임으로써 재탄생한 에이다를 통해 남성의 욕망에 동일시하지 않는 여성들을 만날 수 있다. 글을 쓰면서 내가 만들어 내는 나, 연출하는 나를 내 모습이라고 착각하면서 살았던 것 같다. 그 착각을 일깨워준 것이 바로 딸들이다. 나는 전혀 그렇지 않았다. 딸들을 보며 나는 내 자신에게 복수의 칼을 겨누며 괴로워하고 있는지도 모르겠다. 무엇인가 다시 시작해야만 하는 두려움이 생기기 시작했다. 나는 처음부터 다시 쓰여야 할 것만 같다. 그러기 위해서는 내가 지나온 시간들을 지워야 할 것이다. 또다시 낭떠러지에 선 기분이 들 것이다. 허무와 고독이라는 착각에서 어떻게 벗어날 수 있을까.

오늘도 무럭무럭

유치원 발표회나 공개수업에 다녀오면 아주 피곤해진다. 큰아이의 잔소리를 들어야 하기 때문이다. 딸은 박수 쳐야지, 웃어야지, 사진 찍어야지 하면서 요구 사항이 많다. 심드렁하게 앉아 있는 엄마가 다른 엄마들처럼 즐거워하고 감격하기를 원하는 것 같다. 그것 하나 제대로 해주지 못해 미안하지만 쉬운 일은 아니다. 그런데 얼마 전 발표회에서 노래와 율동을 하는데 아이가 그다지 열심히 하지 않는 것처럼 보여서 이번에는 내가 걱정이 됐다. 아이는 친구들이 하니까 나도 하는 거지, 별로 신나지 않았어, 라고 말했다. 머리가 좀 아팠다. 새를 원하는 것은 새를 원하는 것이기도 하면서 동생들을 돌봐주는 엄마를 모방하려는 심리가 아닐까, 엄마 역할을 꿈꾸는 것은 아닐까, 하는 생각이 들었다. 잡을 수 없는 것을 잡아 가둔다는 점에서 새는 어린아이처럼 보이기도 한다. 그러고 보니 큰아이의 역할놀이 속에서 엄마는 동화 속 이야기처럼 매번 죽는다. 자매간은 모녀간이 되고 가짜 엄마 되기의 즐거움을 아이는 맘껏 누리는 것처럼 보인다. 나의 거울이 된 딸아이를 바라보는 것이 두렵다.

아이의 복수는 날마다 이어진다. 오랜만에 바람도 쐴 겸 장터에 데려갔다. 습관적으로 도넛을 사주려고 했더니 아이가 말했다. 오늘은 찐빵 먹을래, 이렇게 많은 걸 파는데 그동안 도넛만 사 왔던 거야? 심봉사 도넛과 김덕수 여사 찐빵 사이에서 처참한 기분이 들었다. 왜 그랬을까. 도넛만 고집스럽게. 자주 야단맞는 큰아이의 자리를 알면서도 잔소리를 줄일 수 없어 고민이다. 아이는 실수를 반복하면서 실수를 감추고 무마하려는 것처럼 보이기도 하고 무한 증폭되는 엄마의 화를 구경하는 것처럼 보이기도 한다. 복수보다 달콤한 것은 없다는 듯이. 큰 눈을 깜빡거리며 아무것도 몰라요, 하는 표정이다. 떨어뜨리지 말고 먹어, 했더니 그게 주문이 돼서 말이 끝나기 무섭게 손에 들고 있던 찐빵을 땅바닥에 툭 떨어뜨렸다. 내일이면 새는 개나 고양이, 토끼나 햄스터가 될지도 모르겠다. 매 순간 인생을 숙제하듯이 살 수는 없을 텐데. 내가 딸을 낳은 것이 아니라 근심을 낳았다. 나의 불안을 속속들이 파헤치며 오늘도 무럭무럭.

6부

산책의 즐거움
혹은 괴로움

생활체육 교실
-고독할 권리 1

　엄마의 고독권을 보장해주자, 는 밤 산책을 따라나서겠다는 애들을 말리며 남편이 한 말이다. 저녁 시간 바락바락 악을 쓰며 네 아이를 돌보고 있노라면 더 이상 참을 수 없는 지경이 된다. 저녁밥을 얼른 먹이고 난 후, 퇴근해서 돌아온 남편에게 애들을 맡기고 집을 나선다. 천변을 한두 시간 걷는다. 고독을 지키기 위해서가 아니라 미치지 않기 위해서.

　천변에 산 지 10여 년이 되었다. 두어 시간 걷다 보면 머릿속이 비워지는 기분이 들고는 한다. 무슨 이유에서건 더 이상 참을 수 없을 때 나는 천변을 걷고 있다. 이상한 활기와 무관심이 그곳에 있기 때문이다. 대실 해밋의 콘티넨털 탐정

샘 스페이드처럼 운동이라고는 전혀 하지 않고 뭔가에 골몰하고 쓸데없이 생각이 많은 삶을 살아가다가 몸을 움직여야 할 순간이 있는 것이다. 간혹 자전거를 좋아하는 문인들을 만나게 되지 않을까, 산책 나온 시인 선생들을 만나면 어쩌나, 하는 생각이 스쳐 지나가기도 한다. 민얼굴에 트레이닝복 차림으로는 좀 어색한 만남이 될 것이다. 마주 오는 사람들과 인사하지 않는 것이 천변 산책의 룰인데 갑작스럽게 그 룰이 깨지면 산책의 즐거움이 단번에 사라질 것이 틀림없다. 언젠가 아버지를 만난 적이 있다. 아무 말 없이 멀뚱히 쳐다보는 나를 보시더니 응 그래, 하고 무심히 갈 길을 가셨다. 역시 내 아버지다.

한 방향으로 서너 시간을 걸어 다시 돌아오지 못할 만큼 지쳤을 때 종종 차를 타고 되돌아오기도 하였다. 여행을 하면서 글을 쓰지 않는 것처럼 걸을 때도 아무 생각을 하지 않으려고 한다. 가능한 생각을 멈추는 것이다. 그런데 쉽지 않다. 온몸에 힘을 빼거나 천천히 숨을 내쉬는 것도 애써 노력하지 않으면 잘 안 되는 것들이다. 이런저런 생각들이 밀려들어와 밤잠을 설치고 괴로움에 몸을 뒤틀고 초조함에 옆에 있는 사람을 닦달하기에 이르면 걸어야 한다.

○

운동도 복장을 갖추어야 잘되는 모양이다. 아웃도어룩을
챙겨 입은 중년들이 열심히 운동하는 모습을 보고 시를 쓴
적이 있다. 그들의 탱탱하면서도 어딘가 흐물흐물해 보이는
다리가 오징어의 그것 같다는 야릇한 생각이 들었다. 군살과
비대해진 몸을 가지고 걷는 사람들이 있는가 하면 탄탄한
근육과 늘씬한 몸매를 자랑하는 사람들도 있다. 모두들 지나
치게 열심이어서 난 언제나 소외감을 느끼고는 한다. 많은
사람들이 휘적휘적 걷는 나를 앞질러 간다. 그런 종류의 이
질감을 부추기는 것이 바로 생활체육 교실이다. 저녁 뉴스를
보는 대신 천변 운동장에 나와 요란한 트로트 박자에 맞추
어 몸을 흔들어대는 아줌마들을 보면 내 나이가 실제로 그
들과 별로 차이가 나지 않음에도 불구하고 먼 세상 일처럼
보인다. 발걸음을 늦추어 흘끔흘끔 보고 있노라면 나는 내
가 죽어도 하지 못할 것이 있다는 생각이 든다. 팡팡팡 짠짠
짠 하면서 털고 흔들고 찍어내는 에어로빅 동작에 나는 나
를 담을 수가 없다. 무엇인가를 격렬히 덜어내려는 몸짓 같
아 보인다. 나란 사람은 관광버스에서 막춤은 절대 못 추는

인간으로 진화해간 것이다. 글 쓰는 사람의 대부분이 그럴지도 모르겠다. 지나친 자의식과 수줍음을 덜어내지 못하는 것에 화가 나도 별 소용 없다.

두무개다리까지는 30분이 채 걸리지 않는다. 언젠가 나는 거기서 대낮에 교복을 입은 채 끌어안고 오래오래 입을 맞추는 고등학생들을 본 적이 있다. 나이 어린 연인을 보며 무엇인가 애틋하고 비릿한 느낌을 가졌던 것 같다. 오늘 그 다리에 걸터앉아 있는 건 노년의 부부였다. 별말 없이 그냥 앉아 있었다. 몇 미터 뒤에는 중년 남자가 드러누웠다. 트랜지스터라디오를 틀어놓은 모양인데 운전기사인지도 모르겠다. 그런 노래들이었다. 이 공간을 십수 년 전으로 되돌려놓으려는 듯 옛날 가요들이 줄기차게 흘러나왔다. 얼마 떨어지지 않은 곳에 젊은 연인도 있었다. 커피 캔과 나란했는데 오래 갈 것 같지 않았다. 너무 다정하고 뜨거운 까닭에. 옛날식 돌다리에 걸터앉아 냄새나는 하천을 내려다보는 사람들 틈에 끼어 있자니 어쩐지 삶이 평범해지면서 위로받는 기분이 들었다. 이 개천을 따라 조금만 걸으면 좀 더 깨끗한 인공천이 나오는데 거기 가면 냄새도 덜 나고, 조명도 있고, 인근에 근사한 카페도 있다. 물과 길을 따라 걷는 일도 이 도시가 우리에게 날마다 부여한 과제인지도 모르겠다.

○

돌다리에서 빠져나와 다시 걷기 시작한다. 천변 산책로와
자전거 도로에는 멈추어 있는 사람이 거의 없다. 걷거나 뛰
거나 자전거 바퀴를 돌리거나 모두 흘러가고 있다. 비릿한
내를 풍기는 강물도 그렇다. 누군가 갑자기 멈춘다면 부딪치
는 것이 문제가 아니라 천변의 리듬이 몽땅 깨질 것 같다. 그
러면 모두 표정이 일그러지지 않을까. 각양각색의 사람들이
서로를 의식하지만 이상한 집중력과 무관심으로 무장한 채
천변 산책로를 따라 흘러간다. 나도 사람들의 머리 모양, 옷
차림, 몸매를 흘끔거리지만 아무것도 보지 못한 표정을 짓
는 것은 마찬가지다. 간혹 눈빛을 조율하지 못하는 아저씨들
이 있기는 하지만 말이다. 특정 부위를 훑어내는 자신을 아
는 걸까 모르는 걸까. 어쨌든 운동하는 사람들끼리의 말 없
는 커뮤니케이션은 꽤 공고하다. 운동에 집중하는 불특정 다
수의 사람들에게 무한한 애정과 신뢰감이 생기기 마련인 것
이다. 이러한 종류의 사회적 관계 형성은 골프장, 피트니스

센터에서도 만들어지는 것이겠지. 그런데 이것이 또 유리컵처럼 깨지기 쉬운 것이기도 하다. 어떤 종류의 불쾌감을 드러내는 사람들을 만나면 좋은 기분이 송두리째 달아난다. 이상한 활기 속에 숨어 있었던 이기심과 적의 같은 것 말이다. 그런 것들은 친절이나 배려와 교묘하게 섞여 악마적 얼굴을 드러낸다. 취객이나 끽연을 꺼리며 눈살을 찌푸리는 일, 날뛰는 애완견이나 오토바이 소음을 비난하는 일은 흔하다. 평균적인 규범에 갇혀 있다가 사소한 마찰에도 참지 못하고 험담을 내뱉거나 인상을 구기는 사람들을 보고는 한다. 그럴때면 이렇게 조성된 산책로 위의 삶은 기계적이라는 생각이 밀려온다. 실제로 이 길을 따라 반나절을 간다면 누군가의 계획대로 신도시에 이를 것이다. 천변은 다들 자유롭게, 혹은 자유로워지고 싶어서 운동하는 공간이지만 이곳을 지배하는 무의식적인 속도와 흐름에도 규범이나 질서 같은 게 있는 셈이다. 고만고만하게 우리를 두들겨 펴서 묶어두고 있는 것이 있으니 고요하게 묶여 있을 수밖에. 온통 다 깨지기전에. 그런 것들이 이 공간 위의 사람들이 감추고 있는 두려움이 아닐지. 가지런해지지 않는 발걸음, 침묵할 수 없는 입술로 우연히, 단번에 끝장나버릴 수 있는 우리 삶을 증명하기에 이 공간은 부적합하다.

도심 하늘을 두 동강 낸 거대 빌딩이 나를 내려다보고 있다. 내가 누리는 이 조그만 자유를 비웃는 것 같다. 오늘 이 산책로는 평온하고 이 안온함이야말로 우리를 가두는 거대한 감옥처럼 느껴진다. 내가 그토록 빠져나오고 싶었던 일상과 피로에 다시 갇히는 기분이 든다.

○

천변을 빠져나와 골목길에 들어서면 포장 전문 야채곱창 순대볶음 트럭이 불을 환히 밝히고 있다. 퇴근길의 사람들이 한 봉지씩 사 가는 것 같다. 소주가 한두 병쯤 필요할지도 모르겠다. 철판에 무엇인가 볶는 소리가 챙챙챙 쉬지 않고 난다. 난해한 텍스트처럼 그 소리는 날마다 다르게 들린다. 칼소리 같기도 하고 심벌즈 소리 같기도 하다. 인생의 한 페이지가 잘려 나가는 기분이 들기도 하고 음악 연주나 응원 소리처럼 들리기도 한다. 또 어떤 날은 굿판이 연상되어 어지럽다.

골목을 따라 조금 더 들어가면 조그만 호프집들이 즐비하다. 그곳을 메운 사람들, 오늘도 어김없이 매운 연기를 피우며 구워지는 허여멀건 닭들. 짝짝 잔 부딪는 소리가 새 나오고 씨발개발새발 욕설이 튕겨 나오기도 한다. 이른 시간인데 휘청거리는 취객이 있고, 손님을 찾아 골목길을 헤매는 대리기사도 있다. 빵 봉지나 케이크 상자를 흔들며 귀가하는 평범한 가장들도 보인다. 피로감을 비추기 위해선지 밤하늘의 잔별들이 희미하게 빛난다.

산책을 마치고 돌아오니 집 앞 현관에 택배 상자가 놓여 있었다. 배달이 늦어서 현관 앞에 그냥 두고 간 모양이다. 구로사와 아키라, 코코 샤넬, 만델라, 평유란, 프랭클린, 피터 드러커, 김대중 자서전을 한꺼번에 구입했다. 자서전을 읽는 취미가 새로 생겼다. 크기도 두께도 제각각인 자서전을 책상에 가지런히 꽂아두었다. 저마다 뜨겁고 치열하게 살았던 사람들의 일생은 책의 부피를 넘어서서 내가 살고 있는 시간과 공간을 무너뜨리기 좋아한다. 우리 좀 다르게 살아야 하지 않을까, 라고 말을 걸고는 한다.

스콧 니어링의 자서전 첫 페이지에는 이렇게 씌어 있다. "시골 생활의 가장 큰 매력은 자연과 접하면서 생계를 위한 노동을 한다는 것이었다. 생계를 위한 노동 네 시간, 지적 활동 네 시간, 좋은 사람들과 친교하며 보내는 시간 네 시간이면 완벽한 하루가 된다. 생계를 위한 노동은 신분상 깨끗한 손과 말끔한 옷, 현실 세계에 대한 상아탑적 무관심에 젖어 있는 교사에게서 기생 생활의 때를 벗겨준다." 어쩐지 바늘로 콕 찔리는 느낌이 들었다. 나는 오랜 기생 생활의 때가 낀 그런 종류의 인간인 것 같다. 요즘 나의 24시간은 어떤가 되돌아보게 된다. 대부분의 시간은 가사 노동과 육아에 바쳐지고, 지적 활동과 친교의 시간이 현저히 적은 것에 대한 불만으로 몹시 짜증스러워하고 있다. 수년간은 아마도 그럴 것이다. 자연 친화적인 삶을 꿈꾸는 것도, 생계를 위한 노동을 통해 건전한 삶을 꿈꾸는 것도 아니면서 어쩐지 내가 계획하고 원하는 삶으로부터 점점 멀어지고 있다는 느낌을 받으며 안절부절못하고 있다. 생활체육 교실에서 요란한 트로트에 박자를 맞추어 몸을 격렬히 흔드는 사람들은 어떤가. 그들은 그다지 안절부절못하는 것 같지 않다. 저마다 속이 타들어가는 사연들이 있겠지만 말이다. 사람에게는 살면서 자신의 리듬과 호흡을 발견하는 일이 중요한 것 같다. 그런데 요즘 같아선 그걸 발견하기가 어렵고 글쓰기는 더욱 어렵다. 우리가 유지하고 있는 이 대도시적 삶의 호흡과 리듬이 못 견디게 숨 막히는 것도 같고.

o

  서준환의 「다음 세기 그루브」는 시 쓰기의 미래에 관한, 혹은 소멸하는 시인에 관한 소설처럼 읽혔다. 그런 논조로 나는 이 소설을 이야기한 바 있다. 그런데 다시 읽어보니 이 소설은 시나 시 쓰기, 시인에 관한 이야기 같지 않다. 우리 삶에 대한 개성적 사유를 담은 이야기로 다시 읽힌다. 이야기 속에서 '나'는 「나는 나다」라는 연작시를 쓰려고 몸부림치는 시인이다. 음악 연주와 감상이 취미고, 사색과 가벼운 산책을 즐긴다. 바람 소리를 쫓아 나갔다가 숲 속에서 미확인비행물체를 목격하게 되고 급기야 외계인과 만나게 된다. 이런 황당하고 엉뚱한 이야기 속에 놓인 시인의 자리가 어쩐지 불편하고, 소설의 대부분을 차지하고 있는 음향에 대한 이야기는 난해하지만 어쩐지 끝까지 읽지 않을 수 없었다. 이 소설에는 나/우리를 허무는, 내 안의 보편자를 인식하는 부분이 나온다. 내가 미처 깨닫지 못하는, 내 너머의 기억과 의식이 간직되어 있을지도 모른다는 것. 소설가는 이것을 우주심의 자량資糧이라고 말한다. 낯선 소리들의 음조와 파장을 통해 정말 우주와 맞닿을 수 있는 것일까. 나는 이 소설이 개인들이 느끼는 고독의 허위성을 고발하고 파헤치는 것이 아닐까 생각하게 되었다. 정말 고독은 착각일 뿐일지도. 고독이라고 말하는 것 속에 담아내는 것은 사람마다 다를지도 모르겠다. 내 안에 숨 쉬는 많은 다른 것들을 외면하는, 외면할 수밖에 없는 순간에 밀려드는 감정을 그렇게 부를 수도 있을 것 같다. 그렇다면 왜 외면하는가, 외면할 수밖에 없는가. 우리가 그토록 이기적으로 사랑하는 자신과 그 안에서 숨 쉬는 타자들의 목을 조르는 이유는 뭘까. 대체로 우리는 너무 바쁘고 요란하게 살아가는 것 같다. 고독에 대한 진정한 사유가 없기에 자신도, 내 안의 살고 있는 무수한 '나'들에 대해서도 쉽게 무시할 수 있는 것은 아닐까.

○

문득, 왜 그렇게 많은 총을 쏘아댔을까, 라는 생각이 든다. 몇 해 전에 봤던 영화 「베를린」(2013)에서 말이다. 서부영화에 대한 오마주라고 해도 너무 많은 총알이었다. 그 총소리들이 은폐하고 있는 것은 무엇일까라고 다시 물어야 할지도. 이중생활을 하는 스파이 '런정희'의 고독은 연기하기 매우 어려운 것이었다는 생각이 든다. 사랑과 이념 사이에서 안 해도 좋을 고민을 떠맡은 '표종성'의 그것도 마찬가지다. 애초에 그런 주제의식을 풀어가기 위한 영화는 아니었던 것 같기도 하다. 영화를 보는 내내 실체를 잃어버린 감정을 어찌해야 할지 모르는 부담감 같은 게 느껴졌다. 동서남북은 거의 사라졌지만 이념과 방향이 사라진 자리에 여전히 남아 있는 개인들은 도대체 어디로 가야 할지 잘 모를 일이다. 베를린만 한 고독의 공간이 우리에게는 없는지도 모르겠다. 우리를 사라지게 만드는 엑스터시의 공간들은 흔하다. 응원과 함성과 박수 소리로 꽉 찬 야구 경기장 같은 곳. 빛과 소리에 휩싸여 거대한 군중이 단 하나의 사람처럼 무시무시하게 보인다. 그곳에서 개인들은 잊히고 감쪽같이 사라진다. 공 하나에 집중되어. 축구장에서도 그렇겠지. 콘서트장에서도 그렇겠지. 우르르 무너지는 사람들과 함께. 머리를 뽑아낼 것처럼 흔드는 사람들과 함께. 그렇게 나 자신은 잠시 잊어도 좋을 만한 것이기도 할 테지. 그리고 나서 새로운 내가 떠오른다면 정말 좋을 것 같다.

천변의 사람들, 생활체육 교실에서 과격하게 살을 털어내는 사람들은 이미 어떤 경지에 오른 사람들인지도 모르겠다. 신나는 음악에 맞춰 춤을 추다 보면 적극적으로 휘발되는 자신을 경험할 수도 있겠다. 그런 반복이 없다면 견디기 어려운 것이 일상인지도 모르겠다. 그들을 사랑하는 일이 내게 과제처럼 주어져 있다. 나 자신을 어떻게 다시 사랑할 수 있을까 매번 새롭게 고민해야 하는 것처럼 말이다.

이웃이란 누구인가
- 고독할 권리 2

저녁은 아파트가 가장 활기를 띠는 시간이다. 한낮에는 조용하지만 늦은 오후가 되면 사람들이 쏟아져 나와 놀이터며 산책로, 인근 운동장을 메우고 있다. 이웃들이 만들어내는 소리에 귀 기울이는 재미가 있는데 특히 여기저기서 들려오는 공 소리는 내게 이상한 활기를 준다. 탕 하는 배트 소리를 들으면 허공을 가르는 흰 공이 머릿속에 떠올라 상쾌한 기분이 든다. 유니폼을 입은 아이들이 운동장에서 잔먼지를 일으키고 있을 것이다. 농구 코트에서는 툭 툭 하는 좀 더 굵직한 드리블 소리가 나기도 한다. 길쭉길쭉한 아이들이 바구니에 공을 넣느라 굵은 땀을 흘리고 있을 것이다. 공격적인 자세에 비해 공은 잘 들어가지 않겠지. 그들에겐 한없이 가벼운 공이 내게는 참 무겁더라는 것. 벽을 향해 혼자 축구공을 차는 아이들도 있는데 아파트 외벽에 이상한 자국을 남긴다. 그것은 공의 감정인 것도 같고 공 차는 사람의 감정인 것도 같다. 주말 아침 테니스를 배우는 중년들이 내는 소리는 뭐랄까 좀 더 대화적이라고 할까. 일정한 박자를 가진 공 소리가 날아온다. 리듬이 깨지는 순간 어색한 웃음을 지으며 머리를 긁적일 배 나온 아줌마 아저씨들이 머릿속에 그려진다. 그렇게 늙어갈 수 있다면 나쁘지 않을 것이다. 사실 아파트는 거의 비슷한 공간으로 꾸려지기 때문에 불과 3, 4미터 위아래 이웃들이 똑같이 잠을 자고 티비를 보고 용변을 보고 있다고 생각하면 우습기도 하고 무섭기도 하다. 그나마 아파트 이웃은 좀 나은지도 모르겠다. 고시텔이나 여관에 장기 투숙한 삶은 어떤가. 얇은 벽을 사이에 두고 사적인 소리를 나누지 않을 수 없는 그런 이웃들 말이다. 못 본 척 안 들리는 척 귀신처럼 행세할 수밖에 없는 삶(박순원, 「용문고시텔 3」)에서 이웃이란 무엇인가, 누구인가.

사실 난 이웃 중에도 가장 소심하고 조용한 이웃이다. 잘 섞이지 못한다고 하는 편이 맞겠다. 아줌마의 세계에 입성하기 위해서는 아줌마 코드를 받아들여야 한다. 스타일을 일정하게 공유하겠다는 암묵적인 약속이 있어야 수락되는 것이 아줌마의 세계이다. 일단 교육열이 강해야 하며 각종 미디어에 친숙해야 한다. 능력 있고 무관심한 남편에 대한 약간의 적의가 있어야 한다. 이러한 것들을 할 수 없다면 마음이라도 열어놓아야 하는데 나는 이것도 저것도 못하고 안 되는 편이다. 늘 까딱, 무용한 인사만 하는 정도이다. 10여 년을 살았는데도 이런 얘기를 듣는다. 이사 오셨나 봐요? 반가워요. 나는 어정쩡하게 대답한다. 아 네? 네에.

별종임에도 불구하고 이웃들의 친절과 불친절 가운데 여전히 살아가고 있다. 무관심이 서로에게 위협감을 주는 지경에 이르지 않도록 살금살금. 가끔씩 남의 집 현관문이 열려 있기라도 하면 그 속을 좀 더 들여다보고 싶은 욕망이 확 일어나기도 한다. 휴가를 떠난 이웃의 애완동물을 돌봐주기로 약속한 부부가 점점 이웃의 삶을 몰래 들여다보는 재미에 빠지는 것처럼 말이다(레이먼드 카버, 「이웃 사람들」). 비교의 대상 없이는 자신에 대해 사유하기 힘든 것일까. 무엇인가를 들여다보지 않고는 자신을 증명할 수 없는 것이 인간인지도 모르겠다. 끊임없이 같아지기 위해 노력하면서 달라지지 않으면 성에 차지 않는 것이 인간의 욕망인 것도 같다.

○

우연이야말로 이웃의 발생에 크게 관여하는 것 같지만 이 우연 속에는 경제력과 계층이 노골적으로 반영되어 있다. 학교도, 직장도, 취미 생활도 끼리끼리 모인다. '끼리끼리'가 이웃이라면 이거야말로 폐쇄적이고 보수적인 집단이 아닐 수 없다. 나처럼 사는 사람이라고 생각하니 좀 끔찍하다. 이렇게 많은 나들이 도대체 어디서 이렇게 많이 살아가고/죽어가고 있단 말인가. 무관심과 이기심을 잘 숨기고서 말이다. 늦은 밤 아파트 건너편 동에 불이 하나둘 꺼질 때 그들을 나의 이웃이라 느끼지만 그들이 어떤 좌절감을 안고 있는지 무엇을 원하는지는 알지 못한다. 정말 그걸 알고 싶냐 하면 그것도 아니다. 때때로 아파트 공사나 쓰레기 처리 같은 사안을 공동으로 처리하기는 하지만 말이다.

위협감을 느낄 때 잘 뭉치는 것이 이웃이기도 한데 그럴 때도 비밀과 은폐의 견고한 지붕을 걷어낼 수 없기는 마찬가지인 것 같다. 약속이나 한 것처럼 함께 절망하는데 일정하게 시간이 지나면 또 금세 잊힌다. 이 요란한 공식이 자주 반복되다 보면 다 같이 무기력하고 둔해지는 것 같다. 언제까지 이 삶의 패턴을 다음 세대에게 물려줄 것인가. 우리가 이래서야 되겠나 하는 울분과 토로, 격정 너머에 무엇이 있는가에 대해 생각해본다. 보행 신호를 지키고 자전거 도로를 준수하며 어린아이와 노인을 돕는 보편적 규율에 충실한 착한 이웃이 되는 것이 물론 필요하긴 하다. 하지만 건전한 소비를 하고 문화적 품위를 지키는 일로 우리의 삶이 완성되지는 않는다. 이웃이란 무엇인가, 어디에 있는가. 그걸 알아야 오늘도 고독할 권리가 생겨날 것 같다. 아, 외롭고 싶은데 무엇으로부터 어떻게 외로워야 한단 말인가.

o

나의 적응 능력과 별개로 아파트는 주택과 다르고 이웃이라는 느낌도 참 다르다. 어린 시절 골목에는 여러 이웃들의 삶의 모습이 조금씩 비어져 나와 있었다. 그래서 소란하고 어수선했던 것 같다. 그중 가장 생각나는 이웃은 옆집 하숙집 아줌마다. 하숙생들에게 못된 엄마처럼 빡빡하게 굴었다.

아직 젊은 엄마를 친정엄마처럼 보살펴주기도 하였다. 호드기 이모인지 호두기 이모인지 정확히는 모르겠으나 이모 아닌 이모가 있어서 엄마와 친하게 지냈던 것 같기도 하다. 우리에게도 실제 이모 이상이었다. 다세대주택에 살기 전에는 마당이 있는 집에 여러 이웃들이 방을 나누어 살았다. 문간방 호랑이 할머니는 감시의 여왕이었다. 주인도 아니면서 주인 행색을 했다. 대문 소리가 크다며 공동 화장실을 너무 오래 쓴다며 면박을 줬다. 홀로 사는 외로움을 악을 쓰며 푸는 것 같았다. 엄마 몰래 사탕 같은 것을 호주머니 가득 넣어주기도 했으니 무서움이 다는 아니었다. 뒷방 총각은 여름 한낮 참새잡이 같은 걸 했다. 마당에 쌀을 한 줌씩 흘려놓고 고무 대야를 엎어 나뭇가지로 괴고 실을 매달아 쥐었다. 정말 참새를 잡았는지 못 잡았는지는 기억나지 않는다. 참새를 잡아준다며 어린 나를 꾀어 손목이나 어깨를 은근슬쩍 만지고는 했던 것 같다. 날마다 이력서를 쓰고 면접 보러 간다며 다리미를 빌려서 말끔하게 빼입고 나갔으나 출근하는 걸 보지는 못했다. 화장품 아줌마와 사는 아저씨도 만년 실업 상태였다. 오늘날로 말하자면 셔터맨 같은 거였는데 장성한 아들들은 모두 독립하여 나가 살고 가끔씩 들르는 정도였으니 아들들의 진짜 아버지인지 아닌지 지금으로선 잘 모르겠다. 하루 종일 행상으로 화장품을 팔러 다니는 아줌마가 집에 돌아오면 얼큰한 두부찌개 같은 걸 끓여주고 저녁을 먹은 후에는 다리를 주물러주는 것이 아저씨의 일이었다. 이웃들의 허드렛일을 도맡아 했으니 집사 같았다. 리어카를 끌며 과일을 팔던 아줌마는 걸걸한 목소리로 과일을 잘도 팔았다. 무르고 썩은 과일을 나눠 먹는 즐거움이 있었다. 늦은 밤 리어카가 세로로 길게 세워지면 발을 말리는 두 개의 바퀴를 손으로 꼭 굴려보고 싶어져서 오빠들과 나는 다투기도 했다. 하루 종일 감당해야 했을 무게를 잊은 듯 잘도 돌아가던 검은 바퀴들이 아직도 생생하다. 그 동네에선 그랬다. 세로로 줄을 서 있는 리어카들이 가장 부지런했다. 십수 년 후에 간단히 정리되었지만 말이다. 과일 장수 아줌마는 그나마 가게를 얻었으니 다행이지만 그 많은 리어카들은 다 어디로 갔을까.

젊은 엄마는 어떤 이웃이었을까. 키가 자그마하고 얼굴이 예쁜 엄마는 명랑하면서도 새침하고 수줍음이 있었던 것 같다. 지방에 일하러 가야 해서 아버지가 집을 비우는 날들이 많았으니 홀로 세 아이를 키우면서 외롭고 힘들었을 것이다.

가끔씩 오빠들과 내가 싸우면 빗자루나 호스를 들고 구석으로 몰아세우며 야단을 쳤는데 우린 그다지 무섭지도 아프지도 않았지만 두 손을 싹싹 빌며 울었다. 오랜 셋방살이 끝에 얻은 집에서 주인집으로서 자부심이 있지 않았을까. 아니다. 거꾸로 하숙집 아줌마, 문간방 할머니, 뒷방 셔터맨, 과일 장수 아줌마가 엄마를 지켜줬던 것 같다. 대문을 걸어 잠그고, 창문과 현관문 단속을 하는 엄마 밑에서 오빠들과 나는 키득거리며 밀린 숙제를 했다. 마당이 있는 큰 집의 여러 칸살이 많은 이웃들이 어린 시절의 나를 키웠던 것 같다. 공부는 무슨, 미스코리아 돼라, 고 놀리면서.

이 문 저 문 열면 다 통하고 다 보이고 다 들리는, 그런 이웃을 아파트에서는 기대하기 어렵다. 지금 그렇게 살라면 그건 또 어려울 것 같다. 어느덧 혼자 지내지 않으면 불편해졌다. 보여주고 싶지도 않고 남의 살이를 함부로 들여다보는 것도 썩 내키지 않는다. 도대체 왜 그런 것일까. 스스로 감옥으로 들어간 것은. 과도한 친절과 간섭은 성가시고 무관심과 냉대는 기분 나쁜 그런 인간으로 얼마간 변해 있다. 이웃이 어디 있어, 라고 말하면 할 말이 없지만 그래도 이웃이란 어디에 있는지, 누구인지 궁금해진다. 어린 시절 이웃 간의 싸움에는 고함과 욕설이 난무했지만 지금과 같은 적의와 분노는 없었던 것 같다. 미움과 한풀이는 있었지만 만성적 적대감과 똘똘 뭉친 이기심 같은 건 없었던 것 같다.

o

문학 관련 교양수업에서 나는 어쩔 수 없이 공동체의 삶에 대해 이야기하게 된다. 나 자신에 대한 사유가 어떻게 우리의 삶에 대한 것으로 연결되는지 이야기하자면 이건 정말 쉽지가 않다. 당장 학점과 졸업, 취직에 몰려 있는 학생들과 이런 대화의 물꼬를 트기 위해 땀을 삐질삐질 흘리며 애쓰게 된다. 현실적인 고민이 대화의 벽이 되지 않기 위해서 지금 우리 삶의 이면에 작동하고 있는 거대 시스템의 무한 오류들을 방어적으로 열거하다 보면 내가 먼저 기운이 빠지기도 한다. 기운이 완전히 빠지기 전에 문학작품을 함께 읽기도 한다. 공감 능력의 결여가 드러낸 병증을 경고하지만 거꾸로 내가 어린 학생들의 고민에 정말 공감할 수 있을까 내심 걱정하면서 말이다.

지구 종말의 날에 함께 술 마시며 취할 수 있다면 그건 멀리 사는 피붙이가 아니라 이웃일 수도 있을 것 같다(박민규, 「끝까지 이럴래」). 술이 아니라 통성기도를 올리며 손을 잡고 동그랗게 꿇어앉아 있을 수도 있다. 어쨌든 멀리 사는 가족보다 가까이 사는 남이 더 절실할 때가 있는 법이다. 그래서인가. 이웃들은 가끔 떡을 돌리지만 뉴스에서는 칼 든 이웃들도 있다. 가족 간의 불화도 문제지만 이웃 간의 적대는 확실히 더 문제인 것 같다. 공격적인 감정 표출은 사회적 공감대가 무너지고 있다는 증거처럼 보인다. 각박해진 삶에 치어 옆을 살필 여유가 없는 것은 물론이고 적대감으로 사적인 긴장감과 생활 스트레스를 해소하려는 듯 보이기도 한다. 사회적 약자에 대한 냉대와 무관심, 다른 계층에 대한 적대감으로 자신을 지키지 않으면 마치 자신의 삶이 무너지는 것처럼 여기는 것 같다.

층간 소음의 문제로 위아래 집이 다투지만 딱 층간 소음의 문제로만 한정되지 않는 분노와 역겨움이 우리 자신의 안팎에서 발견되고 그런 감정들은 보이지 않는 이 사회의 구조 속에서 우리가 서로를 얼마나 미워하고 적대하는지 보여준다(황정은, 「누가」). 언제라도 무너질 수 있는 사람들의 불안과 신경증이 내 안에도 잠자고 있다. 이웃은 옆집에 사는 사람이 아니라 적대감을 쏟을 대상인지도 모르겠다. '미래'라는 말 역시 누구에게나 긍정적으로 열려 있는 시간이 아닌 것 같아 몹시 불편하다. 아르바이트 인생들에게 미래는 그저 반복되는 우울한 현재일 뿐이다(황정은, 「양의 미래」). 억압과 차별 앞에서 발생하는 수치심조차도 자꾸 견딜 만한 것이 되어갈 때 어떤 희망을 이야기할 수 있을지. 이 사회에서 특정 계층을 통해 재생산되는 삶의 패턴은 좀처럼 빠져나가기 어려운 굴레가 된다. 누군가 흔적 없이 사라져도 그것은 텔레비전 속 뉴스가 될 뿐 모두의 고통이 되지는 않는다. 분노와 공포의 대상은 이웃이 아니라 바로 자기 자신이 아닐까. 누구와 어떻게 고민을 나누고 문제를 해결해야 할지 불분명한 것이 지금 우리의 모습이 아닐까.

o

오랫동안 아이들이 등하교하는 소리를 들으며 살았다. 초등학교가 가까이 있었고 그건 행운이었다. 날마다 정오의 벨소리, 월요일 아침의 마이크 소리, 가을이면 운동회 함성 소리 등이 담을 넘어 우리 집까지 건너왔다. 그중에서도 아이들이 등하교하는 소리는 내가 가장 좋아하는 몇 안 되는 것들 중의 하나다. 작은 목소리로 재잘거리는 소리, 가방이나 옷 등의 물건이 가볍게 부딪히는 소리, 간간이 클랙슨이나 호루라기 소리, 서로를 부르고 답하는 소리, 다다다다 발소리. 베이징의 어느 호텔에서 3, 4일 묵을 때도 유일하게 내가 기댈 수 있었던, 날 위로해주었던 소리였다. 호텔 인근에 초등학교가 있었던 것 같다. 국적은 다르지만 그 소리는 닮은 데가 있었다. 평생 그런 소리만을 듣고 낼 수 있다면 좋을 것이지만 비명도 없이 홀로 외롭게 죽어간 아이들이 있다(물론 어른들도). 우리가 다 책임질 수 없는 곳에서 죽어갔지만 우리가 방기한 죽음으로서 공동의 책임을 물어 마땅한 그런 죽음들 말이다. 이웃은 뚜렷한 실체가 있는 개념은 아닌 것 같다. 한 사람이 점유할 수 있는 시공간은 한정되어 있고 평생에 걸쳐 할 수 있는 일, 만날 수 있는 사람, 다닐 수 있는 곳도 일정하게 구획되어 있지만 사람이란 그것보다 더 많이 오래 자신과 다른 사람을 상상할 수 있으며 자신이 생각한 영역을 책임지고, 묻고 답하려는 보편적 의지와 욕망을 갖는다. 그것이 발현되는 만큼이 그 자신이며 이웃이 되는 것은 아닐까.

고독할 권리는 이웃 되는 연습을 통해 마련되는 것인지도 모르겠다. 내 안에 숨 쉬는 수없이 많은 '나'의 주인이 모두 나라고 확신하기는 어려울 것이다. 내가 가진 감정이 모두 나의 것이라 말하기도 어려울 것 같다. 이기심과 배타성이 모두 허구에 기반한 '나'의 요란한 운동성이라면 무기력과 무관심 또한 같은 데 뿌리를 두고 있는지도 모르겠다. 내 안에 들어와 앉아 있는 너의 일부들에 손을 뻗어 끌어당기는 연습이 필요한 것 같다. 그런 노력들은 개별적인 데서 출발하겠지만 공동의 운명에 대한 낙관성 역시 일방적인 믿음에 기댈 수는 없는 노릇이다. 신뢰감이란 안팎을 통해 구축되어야 할 숙제 같은 것일 텐데 마땅히 그러한 삶을 미래에 유예하지 않도록 하는 지금 여기의 규범이 필요할 것이다. 현실적인 보상만큼이나 잘 상상된 말이었으면 좋겠다.

까나리 샌드위치

- 혀의 노예

내일 아침에는 샌드위치를 먹고 싶다는 지난밤 큰아이의 말이 생각나서 아침에 일어나서 부랴부랴 식빵과 치즈, 햄과 달걀 등을 꺼내 들었다. 잠도 덜 깬 상태에서 달걀을 부치다가 소금을 넣어야 하는데 가는소금 사는 걸 깜빡했다는 걸 알게 되었다. 그냥은 좀 싱거울 것 같았고 간장을 조금 넣으면 되지 않을까 했는데 양념병을 헷갈려서 어쩌다 까나리 액젓을 넣고 말았다. 액젓으로 간한 달걀을 식빵 사이에 얹게 된 것이다. 아 비릿한 아침이여! 평소 아무렇게나 대충 만들어도 이거보다는 담백하고 맛있었는데 정성스럽게 이것저것 넣다가 짜고 비린 샌드위치를 먹게 된 것이다. 남편은

벌을 받듯이 입속에 욱여넣고 아이들은 조금 먹다 만다. 나도 꾸역꾸역 먹다가 속이 뒤집혀 아침부터 신경질을 냈다. 물을 아무리 마셔도 입속이 헹궈지지 않았다. 오전 내내 비가 추적추적 내렸다. 보리밥 먹는 사람 신체 건강해, 동요가 울려 퍼졌다. 아는지 모르는지 갓난이들은 오늘 까나리 샌드위치를 먹은 엄마의 젖을 물게 되었다.

유치원 선생에게 전화가 왔다. 딸아이가 오늘 두 번이나 울었다고 했다. 그중 한 번은 점심시간이었단다. 쫄면에 들어간 부추를 안 먹고 골라내다가 눈물이 터졌다고 한다. 뭐 좀 야단을 맞고 울어도 괜찮은 일이라고 생각했다. 전화를 끊고 나자 다른 의문이 생겼다. 그런데 쫄면에 왜 부추가 들어가지? 오이도 아니고. 좀 이상한 레시피 아닌가. 아침부터 까나리 샌드위치를 만들어준 엄마로서 이런 질문을 할 자격이나 있는지 모르겠지만 말이다. 딸아이의 입맛을 존중해서 집에 와도 잔소리를 하지 않을 생각이다.

○

난 외식을 좋아하지 않는다. 지나치게 짜거나 단 음식을 먹으면 신경질이 돋고 입에 맞는 것을 사 먹자면 돈이 너무 많이 들기 때문이다. 예민한 성격 탓에 위생 상태나 소음, 테이블 간격도 여간 신경 쓰이는 것이 아니다. 더러운 방석을 깔고 앉는 일도 싫고 다른 사람의 수다를 들으며 식사하는 것도 고역이다. 배달식도 거의 먹지 않는다. 대부분 맛이 엉망이고 포장 상태도 마음에 들지 않는다. 종이 상자나 비닐로 둘둘 말아 오는 것을 보면 딱 먹기 싫어진다. 위험천만 아무렇게나 달릴 배달 오토바이를 생각하면 괜히 걱정이 되고 입맛이 뚝 떨어진다. 대로변에 눈 돌릴 때마다 발견되는 치킨집, 제과점들도 못마땅하다. 남들한테는 미움 사기 싫어서 이런 이야기는 잘 하지 않는다.

어릴 때도 그랬던 것 같다. 초등학교 때는 도시락 속의 차고 딱딱하게 굳은 밥이 먹기 싫다며 수시로 굶고 집에 돌아오고는 했다. 밥 대신 식어도 먹을 만한 고구마나 감자 같은 것을 어머니가 싸주셨던 기억이 나기도 한다. 지금도 그릇 모양으로 굳은 찬밥은 딱 질색이다. 중고등학교 때도 사정은 나아지지 않았다. 숟가락만 들고 남의 밥을 한 숟갈씩 얻어먹는 애들이 내 밥통을 스쳐 지나가면 그다음부터는 비위가 상해 먹지 않았다. 그렇다고 영 그랬던 것만도 아니다. 친구들이랑 어울려 떡볶이니 피자니 하는 것들을 먹으며 수면 부족과 학업 스트레스를 풀어내고는 했다. 명동 하디스 치킨 버거를 두 개씩 해치우던 비만 여고생의 시절도 있었다. 매점에서 튀김우동과 크림빵을 연달아 먹던 그 시절의 허기는 무엇으로도 채워지지 않았다. 폭식과 구토의 나날들.

　요즘은 다들 먹는 것에 관심이 많고 맛집이 흔하고 누구든지 한두 개쯤 자신만의 레시피를 갖고 있다. 나도 그렇다. 까다로운 입맛을 가지고 맛집을 찾아다니는 것이 부끄럽기는 하다. 줄을 서서, 대기 번호를 받고 음식을 먹는 우리네 풍경을 보자면 이건 숫제 혀의 노예로 살고 있는 것이 아닌가 하는 생각이 들어 언짢아지지만 그 속에 나도 있다. 더 한심한 것은 텔레비전의 맛집 프로그램과 요리 프로그램에 쉽게 눈을 빼앗긴다는 점이다. 전국 팔도 방방곡곡 맛집을 찾아 소개해주는 한심한 작태를 욕하다가도 현란한 손놀림과 화려한 비주얼에 금세 마음을 빼앗겨 나도 한번……이라는 생각이 든다. 멋진 칼과 그릇들이 은근히 탐나기도 한다. 혀의 노예에서 벗어나기란 좀처럼 어려워 보인다.

o

입맛이란 개인적이고 비과학적이며 증명하기 어려운 것
이다. 블라인드 테스트를 해보면 사람들의 맛에 대한 추구
가 사실 별 근거도 없고 허무맹랑하기 짝이 없다는 것이 금
세 드러난다. 펩시와 구분도 못하면서 코카콜라를 선호한달
지, 조금만 트릭을 써도 사과와 양파를 헷갈리는 것이 사람
의 혀이다. 가끔씩 단골집의 음식 맛이 변하면 마음이 쓸쓸
하고 허전해지는데 이럴 때조차 의심스럽다. 변한 건 내 입
맛이 아닐까. 기분과 감정에 따라 입맛은 조금씩 달라지고,
누구와 어떤 분위기에서 식사를 하는지에 따라서도 달라진
다. 입맛에 가장 큰 간섭을 하는 것은 아무래도 감정과 날씨
인 것 같다. 영화 「박하사탕」(2000)에서 나 돌아갈래, 를 외
치던 기찻길 위의 설경구를 보고 나오는데 종로에 비가 추
적추적 내리고 있었다. 피맛골에 가서 죽도록 퍼마셨다. 굳
이 따지자면 그 세대도 아니면서 괜히 꿀꿀했던 것이다. 첫
사랑과 한여름 먹었던 냉면도 잊히지 않는다. 후루룩후루룩
맛도 모르고 집어삼켰던 가느다란 면발과 횅하게 남았던 시
금털털한 국물. 어딘지 허전하고 맹맹했던 대화들. 왜 그랬

을까. 그때 그 냉면 맛은.

　음식 속에 흔히 담기는 것이 향수다. 내게는 김밥과 국수가 특히 그렇다. 엄마가 새벽에 둘둘 말아주셨던, 달걀지단이 고소했던 김밥 맛은 죽는 날까지 잊지 못할 것 같다. 야식으로 비빔국수를 종종 해 먹었는데 오빠들과 나누어 먹던 빨간 면발 역시 추억이 덕지덕지 묻은 음식이다. 엄마는 내가 어릴 적 날 위로해주기 위해 종종 다른 식구들 몰래 돈가스, 피자 같은 걸 사주셨다. 지금도 그런 것으로 점심을 먹자면 늙어 자식들 내보내고 단출하게 식사를 때울 부모님이 생각나고는 한다. 생각해보니 내 입맛은 거의 부모님에게서 온 것이다. 부모님의 전라도 입맛을 그대로 닮아 된장과 젓갈, 생선을 좋아한다. 비늘이 둥둥 떠 있는 갈치국이나 잘 말린 조기, 내장만 따로 긁어모아 만든 전어속젓 같은 비릿한 것을 좋아하고, 간장과 생된장을 즐기기도 한다. 잘 숙성된 육류나 회 같은 것은 누구보다 많이 먹을 수 있을 것 같다. 그런데 또 입맛은 과거의 옛 맛만 그리는 것 같지는 않다. 인간의 혀는 간사하기 짝이 없다. 애써 시키지 않아도 새로운 것을 끊임없이 찾아가고는 한다. 두툼한 고등어회랄지, 썩힌 두부랄지, 콧물같이 죽죽 늘어나는 낫토랄지, 쫄깃한 터키식

아이스크림이랄지 그런 것들 말이다.

신분과 계급을 나누는 데도 입맛은 노골적인 잣대가 되는 것 같다. 6000원짜리 순두부 백반과 최고 등급의 꽃등심 구이는 같을 수가 없다. 두부나 고기의 아미노산은 그게 그거고 속에 들어가면 다 똑같을 것 같지만 그렇지가 않은 것 같기도 하다. 태어나서 족발, 순댓국을 한 번도 먹어보지 못했다는 사람을 만나고 조금 놀랐다. 그럼 소고기만 먹고 컸단 말인가? 살코기만 먹었다는 얘긴가? 뭐 어쨌든 그것들이 시장 메뉴이기는 하다. 또 언젠가 경양식집에서 소개팅을 했던 80년대 학번 선배는 돈가스 정식에 장식으로 나온 파슬리를 먹어치웠다고 했다. 그래서 상대에게 연락이 더 이상 오지 않게 되었다고 생각했다. 반은 맞고 반은 틀린 얘기다. 촌스러운 사람과 살 수는 있어도 데이트하기는 싫은 것이 여자다. 진지하게 파슬리를 오물거리고 있는 모습을 상상만 해도 재밌다고 놀려댔다. 분위기를 맞추는 대신 파슬리를 씹고 있었을 선배가 안쓰럽기도 했다. 파슬리를 극복할 만한 유머도 외모도 재력도 없었을 테니 말이다. 돈가스 트라우마를 간직한 선배는 지금 국립대 교수가 되어 남부럽지 않게 살고 있으니 괜찮은 드라마라고 생각한다.

어느 겨울 용두동 건축 현장에서 무표정한 얼굴로 벽을 마주하고는 쪼그려 앉아 묵묵히 빵을 베어 무는 사람들을 보았는데 그 모습이 오래 지워지지 않았다. 삼립 크림빵과 200밀리 흰 우유를 목장갑 낀 손에 각각 들고 서둘러 입속에 밀어넣었다. 에너지를 수급하는 데 문제가 되지 않기 위해 조달한 자재 같았다. 기차역 같은 데서 사발면에 소주를 먹는 취객들에게는 차라리 운치라도 있지만 인간미가 너무 없는 한데 식사 앞에서는 마음이 무너졌다. 물만 부으면 되는 군인들의 전투식량이나 영양학적으로 설계된 우주인들의 대체식 같은 것도 그것을 밥이라 해야 할지 잘 모르겠다. 몸에는 어떨지 몰라도 식사라는 것은 얼마간 온기가 있어야 할 것 같다.

o

마지막 식사로는 국수가 좋다, 라는 시구절을 쓴 적이 있다. 종종 마지막 식사에 대한 상상을 해본다. 죽기 전에 뭘 먹어야 하나. 물론 쓸데없는 고민이다. 그런데 사형수들에게는 그런 선택이 주어진다는 이야기를 들었다. 원하는 음식을 준비해준다고도 했다. 찬밥에 물을 말아서 먹더라도 내일이 있는 식사가 좋겠지. 함께하는 식사의 온기가 사람을 살게 하겠지. 추억이 깃든 최고의 음식이라도 그것이 마지막이라면 숟가락 젓가락이 무거울 것이다. 죽은 사람의 입속에 쌀 한 줌을 넣어주는 장례 풍습이 어디서 왔는지 잘 모르겠으나 저승 가는 노잣돈과 밥까지 애써 챙겨주는 우리네 관습은 먹고 사는 일이 얼마나 중요했는가를 보여준다.

영화 「바베트의 만찬」(1996)은 복권 당첨금으로 낯선 땅의 시골 노인들에게 성찬을 마련해주는 이야기다. 최고급 요리 재료와 식기들을 마련하기 위해 바베트는 많은 돈을 아끼지 않고 지불한다. 평생을 금욕적으로 살아온 청교도인들에게 프랑스식 최고급 요리는 두려움 그 자체였다. 쪼글쪼글한 노인네들이 한 번도 먹어본 적 없는 음식들을 맛보며 점차 기쁨과 즐거움, 놀라움에 젖어드는데 인생에 한 번쯤 그런 식사가 마련된다는 것은 지극히 인간적인 것 같기도 하다. 이방인이었던 자신을 받아준 마을 사람들에게 최상의 식사를 대접하는 바베트는 자신의 금전적 행운을 심리적 만족감으로 바꾼다. 바베트는 요리사이고 예술가인 셈이다. 그녀가 차린 식탁은 작품이었고 노인들은 그 작품을 완성시켰다.

그녀의 놀라운 집중력과 고도의 기술, 노고를 마다하지 않는 성실함과 선선하고 소박한 웃음을 닮고 싶다.

예전에 박완서 선생님의 수필에서 먼 길 떠나는 사람들에게 늘 따뜻한 밥 한 끼를 해주셨다는 이야기를 읽은 적이 있다. 그 온기는 맛집의 맛과는 다른 삶의 향기이자 배려인 것 같다. 식사란 칼로리를 채우고 영양분을 보충하는 행위 딱 그것만은 아닌 셈이다. 뜻을 천명하기 위해 곡기를 끊는 사람들을 봐도 그렇다. 간절함과 의지 이상의 선택이 거기 있는데 그 옆에 놓인 생수통과 소금 그릇 같은 것을 보면 인간이 인간임을 자처하며 인간답게 산다는 것이 무엇인지, 이 복잡한 사회구조 속에서 더불어 잘 산다는 것이 무엇인지, 함께 가기 위해 우리가 선택하고 배제해야 할 것은 무엇인지 복잡한 생각의 그물 속에 빠진다.

입속에 뭔가 집어넣지 않고서 인간은 관계를 맺거나 일을 수행하기 어려운 것일지도 모르겠다. 모임은 거의 식사와 술자리로 이어지며 입속에 음식물을 넣고 우적거리며 우리는 관계를 맺는다. 먹는 것이란 꽤 복잡하고 다양한 의미와 맥락을 가져서 식사를 함께 한 사람을 쉽게 물리칠 수 없는 것인지도 모르겠다. 밥 한 끼 먹자며, 술 한잔 마시자며 오늘도 우리는 언제 지킬지 모르는 약속을 해댄다. 그런데 나홀로 세대들이 많아지고 싱글도 거북하지 않은 문화 속에서 혼자 식사하는 사람들도 많아지는 것 같다. 박자를 맞춰 혼자 식사하는 연습(윤고은, 「일인용 식탁」)을 잘 마친 사람들. 나 역시 간단하고 조용히 혼자 먹고 싶을 때가 있다. 잘 먹고 살기 위해 애쓰다가 서로 피로해진 경우라고 해야 할까. 어쩌면 먹고 마시는 일이란 의지대로 굴러가지 않는 삶의 다리쉼일 수도 있겠다.

о

마감이 지났고 줄줄이 밀린 원고들이 산적해 있는데 식혜를 만들었다. 갓난이들을 울려가며 만들 것은 못 되었다. 엿기름을 물에 불려 바락바락 주무르며 나는 내가 스트레스를 이기지 못하고 있다는 사실을 알게 되었다. 오랜 시간 삭혀 밥알을 동동 띄운다고 엉킨 생각의 실타래들이 풀릴 리 없지만 뭐라도 하지 않으면 안 될 것 같은 감정 상태라고나 할까. 내일 또다시 통계피를 달이고 매운 생강을 썰며 진땀을 뺄지도 모르겠다.

연말이 다가오고 바람이 꽤 쌀쌀해졌다. 뜨거운 국물 요리 같은 것이 먹고 싶은 계절이다. 따뜻하게 데운 청주를 한잔 곁들여도 좋을 것이다. 오래 만나보지 못한 사람에게 전화를 걸어야겠다.

시장 가는 길

지난여름 지방 오일장에 다녀왔다. 멀지 않은 곳에 재래 시장이 몇 군데 있는데도 시간을 들여 일부러 나섰다. 주차할 곳을 찾느라 뱅뱅 돌았다. 뙤약볕 아래 겨우 차를 대고 시장을 한 바퀴 도는 것으로 장터 구경은 간단히 끝났다. 재밌어야 할 장터 구경이 힘들기만 했다. 피로감은 꼭 더운 날씨 때문만은 아니었다. 시장 진입로에 들어서는데 여러 짐승들의 터럭이 길바닥에 날려 비위가 상했다. 골목골목 너무 비좁아서 유모차를 밀거나 애들 손을 잡고 다니기 어려웠다. 칭얼거리는 입을 막기 위해 과일을 사서 물렸고 갈증을 해소하기 위해 칡즙을 사 마셨다. 새장의 잉꼬, 상자 안의 강아지, 철망 안의 토끼 등을 보며 아이들이 잠깐 좋아하기는 했다. 포대에 담겨 있는 수북한 곡식 낟알들이나 가지런히 걸린 옷과 신발, 알록달록 쌓인 과일들, 좌판의 떡과 옛날 과자들을 보는 즐거움이 없지는 않았다. 재래시장이라는 관념 속에는 정말 그런 것들로 꽉 차 있는데 눈앞에 그대로 펼쳐졌다. 싸구려 티셔츠 두 장을 사고 부추전과 막걸리를 사 먹었다. 그런대로 입을 만했고 먹을 만했다. 그런데 기분이 썩 좋지는 않았다. 뭔가 좀 다른 것을 기대하고 왔었나 보다. 생각해보니 나는 이미 대형 마트나 쇼핑몰에 익숙해져 있다. 또 인터넷 구매를 통해 생활 전반에 필요한 거의 모든 것을 해결할 수 있으며 꽤 만족하고 있는 편이다. 이런저런 낭패감에 빠져 돌아서는 길에 누렁이, 백구를 싣고 오는 용달차와 마주쳤다. 이 시장은 그것으로 유명하다는 사실을 뒤늦게 기억해냈다.

재래시장에 대한 버릴 수 없는 기대감과 집착은 내 어린 시절에서 비롯된 것인데, 가난의 증거인 것 같아 기분이 살짝 나쁘다. 그러니까 중학교 동창생들을 만났을 때다. 그만그만한 동네에서 함께 학교를 다녔던 우리는 인근 재래시장의 짱구네 순대를 기억하고 있었다. 100원, 200원 주면 길게 끊어주었던 따끈한 피순대의 맛을 추억하며 우리는 웃었다. 벌건 순댓국을 퍽퍽 떠먹으며 소주를 마시던 아저씨들이 가까이 있었다. 대로변과 골목골목 상설 시장이 꽤 넓게 펼쳐져 있었고 상인들은 거리 식사를 마다하지 않았다. 어린 시절 나는 엄마 치맛자락을 잡고 날마다 그곳에 갔다. 천 원짜리 한 장으로 콩나물과 두부를 모두 살 수 있었던 때였다. 흥정과 덤의 즐거움을 어린 나이에 알았으며, 고래고래 소리지르며 싸우는 사람들, 주먹다짐과 술주정에도 익숙해졌다. 예의 바른 인사법과 약간의 소심함으로 장사를 하는 아줌마 아저씨들의 사랑을 독차지하였다. 장을 보고 좀 여유가 생기면 엄마는 뭔가 먹을 것을 사주셨는데 그 즐거움이 컸다. 지금은 사라진 리어카 장사꾼들이 즐비했던 곳이다. 대로변은 주로 과일과 생선, 야채를 파는 가게들이 있었고 골목골목 그릇 가게와 이불 가게, 허름한 식당과 다방이 있었다. 엉성한 간판을 구경하는 재미가 있었고 가게 이름이 무슨 뜻인지, 어디서 따왔는지 마음대로 상상해보는 것도 흥미로웠다. 이제 시장의 모습은 많이 바뀌었지만(이상하게도 일본식 도오리 형태로 다 바뀌었다. 그게 유행인가 보다) 지금도 옛 이름 그대로 보쌈집이나 순대집이 있다. 서점은 자리를 옮겼으나 주인은 그대로이고 삼거리 약국과 은행 옆 꽃가게도 아직 그대로이다. 간판이 정비되어 기계적인 느낌을 주고는 한다. 도로는 넓어졌지만 그 많은 상인들이 가게로 입점하기는 어려웠을 것이니 누군가는 피를 흘렸을 것이다. 장사꾼은 자신이 파는 품목을 닮아가는 것이 아닐까. 얼마 전에 조개 할머니를 우연히 만났다. 조갯살처럼 늙은 모습이었는데 예전에는 생생했던 눈빛이 지금은 허공을 바라보는 듯 힘이 없었다. 어린 시절 엄마와 함께 시장을 오가는 길은 기대와 설렘으로 가득 차 있었다. 유년의 가장 큰 즐거움이었으며, 재래시장과 그 삶의 모습은 나의 내면을 구성하는 것 중의 하나였을 것이다. 이제 어디에서도 더 이상 그런 기분과 감정을 느낄 수 없는 것 같다. 시장은 끝났고 한 시대가 지나가버렸다.

o

선물을 사기 위해서는 재래시장에 가지 않는 속물스러움이 내게도 있다. 백화점 포장지와 택배 서비스가 필요해서이다. 백화점은 쾌적하고 조명이 은은하다. 가격대별로 선물 품목들이 다양하게 준비되어 있다. 감각 없는 나 같은 사람을 위해 알아서 적당한 선물을 골라주는 친절을 베풀기도 한다. 그런데 이것저것 집요하게 물어보면 점원들의 지식이 사실은 상술이며 전혀 전문적이지 않다는 점이 몇 분 내에 드러난다. 더 기분 나쁜 것은 나의 허름한 차림새에 대한 그들의 반응이다. 좀처럼 물건을 살 것처럼 보이지 않는 모양이다. 위아래로 훑어보거나 대충 대꾸하는 무례함을 자주 겪는다. 그들의 눈에 나는 구매력이 없어 보이는 것이다. 언젠가 그러저러한 기분 나쁨을 짊어지고 복잡한 백화점을 나오려고 하는데 어찌어찌 아는 사람을 만났다. 그런데 강남 아줌마인 그분의 카트에는 다시마, 미역 같은 것이 산더미처럼 쌓여 있었다. 원전 사태가 터진 지 얼마 되지 않은 때여서 한참 방사능 물질이 어쩌고 하던 시절이었다. 뭔가 씁쓸하고 기운이 빠졌다. 말이 나와서 덧붙이자면 마네킹 같은 주차장 요원들도 쳐다보기 부담스럽다. 과도하게 인사하는 방식도 마음에 들지 않는다. 반짝반짝한 화장실도 불편한데 무국적 환상 인테리어를 보고 있자면 어안이 벙벙하고 이상한 나라에 온 것 같다. 백화점은 뭐든지 다 있어서 나의 경제력이 탄로 나는 곳이다. 백화점 혐오는 두 번째 가난의 증거다. 어린 시절 다리 건너 백화점은 아무 때나 갈 수 있는 곳이 아니었다. 언젠가 백화점에 대한 복잡다단한 심경을 토로한 적이 있었는데 아무도 공감하지 않았다.

나는 조그맣고 예쁜 가게들을 드나드는 것을 좋아하지만 쇼핑을 즐기지는 못한다. 쇼핑 자체가 굉장히 피로하기 때문이다. 어떤 종류의 해소감에 대해서 모르는 바 아니지만 쓸데없이 발품을 팔아야 하고, 공기가 좋지 않아 눈이 따갑고 목이 아프며, 억지 친절이나 황당 불친절의 수모를 겪어야 해서 좀처럼 내키지 않는다. 뜻하지 않게 돈이 술술 빠져나가는 걸 보면 도둑맞은 느낌도 든다. 그러나 그런 나도 싸구려 물건에 질려서 가격 걱정 없이 물건을 집어 들 수 있는 경제력을 갖추었으면, 하고 은근히 바라게 된다. 구매력이 곧 능력인 세상에 길들여진 속물스러운 아줌마일 뿐이다. 공정 거래니, 근거리 상품 구매니, 친환경 제품이니 하는 것들에 관심을 가져보지만 그게 정말 윤리적인 소비인지도 잘 모르겠다. 단지 유행이며 자기만족인 것은 아닌지. 정말 지갑을 어떻게 열어야 할까. 어떻게 쓰는 게 합리적이고도 윤리적인 것인지 도통 모르겠다. 지금 이 세계엔 사야 할 것도 사지 말아야 할 것도 너무 많다. 물건에 치여 죽을 판이다.

사람보다 더 많이, 더 높이, 더 멀리 가는 것이 있다면 그게 바로 물건일 것이다. 주머니를 털기 위해 전략적으로 배치된 진열대의 물건들을 보라. 더욱 빛나고 화려하고 예뻐진 것들을.

우리 문화에는 없지만 개러지 세일garage sale이라는 것이 내게는 매우 독특한 느낌을 주고는 했다. 집 앞마당에 자신이 쓰던 물건을 늘어놓고 팔아서 용돈이나 휴가비 같은 것을 마련하고, 불필요해진 물건들을 이웃과 서로 교환해서 쓰기도 하는 것 말이다. 요즘은 우리나라도 중고품이 활발하게 거래되고 있는 것 같다. 나는 물건에도 물건 주인의 영혼이 깃든다는 미신에 빠져 있어서 중고품을 사고파는 일에 익숙하지는 않다. 경제관념이 약한 탓에 시장에 대해, 시장의 흐름에 대해 상상하는 것은 내 일이 아닌 것 같기도 하다. 오늘 라디오 뉴스에서 국제 유가 하락이 장기화되어 중동 증시가 폭락하고 있다는 보도가 흘러나왔다. 유가 하락에 따른 세계 시장의 변화도 예측하기 어려울 뿐만 아니라 수백조 되는 돈이 공중에서 사라진다는 것을 잘 이해할 수가 없다. 이제 시장은 현물 거래보다는 추상화된 돈의 흐름 속에서 더 크게 형성되는데 그것은 내게 너무 멀다. 여전히 내게 시장은 작고 일상적인 것에 머물러 있다. 그런데도 누군가 포장마차에서 떡볶이를 파는 사람들이 밤에는 벤츠를 타고 집에 간다는 둥, 설렁탕집 주인이 가마니 가득 현금을 트렁크에 싣고 퇴근한다는 둥의 이야기를 하면 속물스러움과, 그런 세상의 말에 기가 질린다.

○

일주일에 한 번 아파트 단지 내에 장터가 열린다. 다들 인터넷과 인근 대형 마트에서 장을 보는 것 같지만 딱히 그렇지만도 않은 모양이다. 요일제 아파트 장터가 활성화돼서 아줌마와 아이들이 오후 시간 우르르 쏟아져 나온다. 생선, 과일, 야채를 파는 곳이 제일 넓게 자리를 차지하고 있다. 원산지를 괴발개발 적어서 푹 꽂아놓았다. 거의 국산이라고 써놓았는데 그렇게 믿고 싶다. 철마다 품목이 조금씩 다르다. 제철 품목을 산더미처럼 쌓아놓고 싸게 팔아서 좋다. 마트처럼 정량제, 균일가가 아니어서 좋다. 아직도 흥정을 하고 몇 마디 거들면 조금 더 주기도, 조금 싸게 주기도 한다. 옛날식으로 전대를 찬 상인들이 지폐를 집어넣고 검은 비닐봉지

에 물건을 담아 건넨다. 장만 보는 것은 아니다. 군것질거리
가 더 인기가 많다. 장터 초입에 길게 줄 선 모습을 볼 수 있
는데 도넛 가게다. 꽈배기, 찹쌀도넛, 팥도넛이 세 개 2천 원,
다섯 개 3천 원이다. 쫀득하고 달달해서 자꾸 먹고 싶어진
다. 잡냄새가 없다는 한방족발도 썰어 파는데 대짜 중짜 소
짜 세 가지. 새우젓도 깔끔하게 포장해주고 더덕막걸리도 함
께 판다. 신발이나 양말, 일상복을 파는 곳도 있다. 요즘 유
행하는 스타일이 뭔지 금세 알 수 있다. 촌스러운 장터 옷을
누가 살까 싶지만 나이 든 아줌마와 할머니들에게 인기가
많은 것 같다. 우유나 학습지 외판원들이 간간이 들어와 있
기도 하다. 1년 치를 계약하면 한 달은 무료, 2년 치를 하면
두 달이 무료인가 그렇다. 샘플로 나눠주는 것들을 잔뜩 받
아 오는 즐거움이 있다. 만 원짜리 지폐를 몇 장 겹쳐 부채처
럼 펴 들고 신문 정기구독을 권하기도 하는데 정말이지 그
건 좀 피하고 싶어진다. 아파트 간이 장터 사람들은 일곱 시
가 되면 트럭에 남은 물건을 싣고 돌아간다. 어쩐지 그들이
좀 많이 팔고 가는 길이었으면 하고 바라게 된다. 매주 같은
요일 창밖으로 장터 천막이 보이면 괜히 한번 나가서 둘러
보고 싶은 반가움이 일어난다. 이 역시 재래시장에 대한 향

수 때문일 것이다. 동네 상권이 무너져 작은 가게들이 없어지고 대형 마트가 활성화된 지 오래, 이제 살아남기 위해 대형 마트에 입점하거나 그들과의 계약을 따내지 않으면 안 되는 상공인들이 많다는 것을 모두가 다 안다. 그게 누구의 배를 불리는지도. 동네 슈퍼와 학교 앞 문구점을 향수 어린 감정으로 드나들 수밖에 없게 되었다.

○

얼마 전에는 시내 국립 미술관에 다녀왔다. 너무 추워서 애들을 줄줄이 데리고 야외로 나갈 엄두가 나지 않아 선택한 곳이었다. 특별히 보고 싶은 전시는 없었다. 야외 특별 전시를 대충 둘러보고 실내에 들어와 상설 전시장을 돌았다. 전시물들은 좀 시시했고 관람은 다소 지루했다. 조용히 보는 거라고 말렸지만 아이들은 쿵쾅거리며 뛰어다녔고 손을 뻗어 작품을 만지려 들었다. 소리 지르고 웃고 감탄하고 야단법석이었다. 1층 카페로 나와 아이스크림을 사줬다. 파스타와 샐러드로 브런치를 즐기거나 커피와 케이크를 먹는 사람들로 붐볐다. 미술관은 아이들을 데리고 와서 즐길 만한 곳이었다. 기념품 가게를 구경하는 재미도 있었다. 터무니없이 비쌌지만 열쇠고리 같은 걸 사주어야 했다. 둘러보니 작가들이 만든 노트, 우산, 부채, 옷, 신발, 가방, 손수건 같은 것도 팔았다. 레스토랑이나 기념품 가게가 입장료 수입보다 훨씬 많을 것 같았다. 미술관에도 편의시설이라는 명목으로 예외 없이 시장이 들어서 있는 것이다. 어쩌면 우리가 사는 곳 어디에나 소비가 이루어지고 바로 거기에 시장이 있는 것 같다. 대학도 마찬가지다. 지역사회와 연계성을 만들어나가기 위해 담을 허무는가 싶더니 어느새 시장이 되어가고 있는 것 같다. 대기업의 후원을 받아 그들 회사의 이름을 딴 건물들이 속속 지어지고 캠퍼스 내에 외국계 커피 전문점과 베이커리, 패스트푸드점이 들어서 있다. 학생과 교수, 교직원들은 다 편리하게 그런 시설을 이용하겠지만 글쎄 잘 모르겠다. 그게 캠퍼스의 본모습인지는. 시장은 이제 장소를 가리지 않고 우리가 사는 곳 어디에나 퍼져 있다. 길거리를 걷다 보면 몇 걸음 가지 않아 각종 편의점이 들어서 있어 어디서나 똑같은 상품을 구매할 수 있고 언제라도 무엇이라도 살 수 있다. 지하철역도 마찬가지다. 온갖 광고와 여러 상점으로 붐빈다. 재정 적자를 해소하는 데는 얼마간 도움이 되겠지만 지하철을 타고 오가는 것이 굉장히 피곤해져버렸다. 아무 생각 없이 멍하게 있을 수가 없다. 장소는 고유성을 부여받으면서 우리에게 의미 있는 공간으로 탄생하는 법인데 이제 아예 다 시장 바닥이다. 개성은 구매 행위가 아니면 드러나지 않는다는 듯이. 병원을 다니다 보면 병원도 이제 시장화되었다는 것을 실감하게 된다. 병의 논리가 아니라 돈의 논리를 따라 치료하게 되는 것 같다. 정말 시장 아닌 곳이 없어 쓸쓸하고 서글프다. 누군가 술자리에서 돈 없이 늙어가는 것은 죄라고 말했는데 지금 우리 사회에서의 삶을 노골적으로 드러내는 말이 아닐 수 없다.

○

전라남도 고흥은 아버지와 어머니의 고향이다. 점암면은 아버지의, 두원면은 어머니의 본적이다. 어릴 때 그곳에 자주 가보았던 기억이 난다. 마을에는 전방이 하나씩 있었다. 뭘 딱히 사고파는 일이 거의 없는 듯이 보였는데 서울 손님이 오면 돈이라는 것이 함께 들어와 한 번씩 그곳에 가게 된다. 드르륵 문을 열고 들어가면 어두컴컴한 실내에 몇 개 안 되는 품목의 물건들이 쌓여 있는데 사탕과 성냥, 치약 같은 걸 샀던 기억이 난다. 먼지 냄새 폭폭 피어오르는 전방에는 잘 팔리지 않는 과자 봉지들이 몇 개 있었고 아이들은 그걸 보고 또 보고 했었다. 먼지가 뽀얗게 쌓여 있는 과자 봉지를 주인이 쓱 닦아내면 반질반질한 얼굴을 내미는데 아이들은 사무치는 눈빛을 거두고 얼른 집으로 돌아가야 했다. 요즘은 그런 눈빛을 한 아이들이 없다. 지나친 소비가 오히려 상상력과 창의력을 제한하는 것이 아닐까라는 생각을 종종 하게 된다. 심심하고 무료했던 시간들 나는 공상에 빠지고는 했는데 그게 삶을 더 자유롭고 풍요롭게 느끼도록 해주었던 것 같다.

구로사와 아키라는 천사처럼 담대하게 악마처럼 집요하게, 를 모토로 영화를 만들었다고 한다. 그의 영화를 보면 줄기차게 비가 내리고 비를 맞으며 멀리 가게에 가서 뭔가를 사 오거나 비를 맞으며 등짐을 지고 뭔가를 팔러 다니는 장사꾼들이 나온다. 그야말로 옛날식 삶의 모습이다. 구로사와 아키라는 1998년에 죽었다. 그가 좀 더 살았더라면 어떤 영화를 만들었을까 궁금해진다. 그의 영화들은 언제 봐도 위대하지만 좀 더 살았더라면 조금 다른 영화도 가능했으리라. 1998

년 이후 시장은 너무나 많이 변했다. 영화 시장도 그런 것 같다. 예술가는 시장의 변화 따위는 생각하지 않고 자기 세계를 가꾸어가는 것일까. 그렇지 않을 것이다. 그는 위대한 감독이니까. 이 시장의 변화에 대해서 뭐라도 말을 했을 것만 같다. 시대극이든 현대극이든 1998년 이후 만들어지지 않은 그의 영화에 대해 상상하는 밤이다.

백년 동안의 고독

너무 시끄러운 고독

고독을 잃어버린 시간

목화밭의 고독 속에서

검은 고독 흰 고독

고독의 발명

고독의 우물

죽어가는 자의 고독

고독의 권유

고독의 즐거움

맨해튼의 열한 가지 고독

남겨진 자의 고독

일요일의 고독

고독 역시 착각일 것이다

마키아벨리의 고독

프란츠 카프카의 고독

니체의 고독

고독한 늑대의 피

。

고독하고 싶었지만 고독하지 못했던 시간들.

애초에 고독은 내 삶에 들어올 자리가 없었던 것 같기도
하다.

5년간의 에세이 한 줌.

뿌연 먼지 속에 고독은 저 혼자 눈이 부시네.

외로운 사람들을 쉽게 알아본다는 것.

아마도 그게 내 장기가 아닐까.

가을이 짧아져서 걱정이다.

2018년 12월
이근화

고독할 권리

초판 1쇄 펴낸날 2018년 12월 20일
초판 2쇄 펴낸날 2019년 12월 13일

지은이 이근화
펴낸이 김영정

펴낸곳 (주)현대문학
등록번호 제1 - 452호
주소 06532 서울시 서초구 신반포로 321(잠원동, 미래엔)
전화 02-2017-0280
팩스 02-516-5433
홈페이지 www.hdmh.co.kr

© 2018, 이근화

ISBN 978-89-7275-953-9 03810

* 책값은 뒤표지에 있습니다.